TAKE
SHOBO

悪役令嬢に転生したけど、破局したはずのカタブツ王太子に溺愛されてます!?

花菱ななみ

Illustration
ウエハラ蜂

JN042915

蜜猫
MitsuNeko

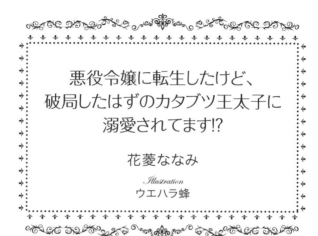

contents

イラスト／ウエハラ蜂

悪役令嬢に転生したけど、破局したはずのカタブツ王太子に溺愛されてます!?

第一章

「アングルテール王国第一王子、サミュエル・フィリップ・ジョージ・エジャーバードは、イザベラ・アレクサンドラ・メアリー・オブ・グッドウエーズリーとの婚約を、今、ここで破棄する……！」

目の前でそのように宣言されて、イザベラは「はー、やれやれ」という気持ちを極力表情に出さないように努力しなければならなかった。

何故《なぜ》なら、こんな展開になるのはわかりきっていたからだ。

目の前で、顔を真っ赤にしたサミュエルが、次々とイザベラを断罪する言葉を並べ立てていく。

語勢は荒く、ひどくイザベラに腹を立てているのが伝わってきた。覚悟はしていても、さすがにこんなふうに責められるのは胸が潰れそうになるので、イザベラは意識的に耳を塞いで何も聞かないようにする。

そうすると、目が追いかけるのは、サミュエルの整った顔だ。

獰猛《どうもう》な雰囲気のあるきつい目に、まっすぐに通った高い鼻梁《びりよう》。形はいいが、どこか酷薄な感じがする唇。

黄金色の髪は形良く整えられて、柔らかなウエーブが頭蓋《ずがい》を覆う。肩幅の広い理想的な長身を包んでいるのは、このプリンスウェル王立学園の、軍服めいたデザインの制服だ。

制服はほぼ黒に近い濃紺で、銀の装飾が効果的に散りばめられている。男子の制服は胸元からデコラティブな襟がのぞくデザインになっているので、その刺繍《ししゆう》の繊細さが本人の財力を物語る。

もちろん、サミュエルの襟には、驚くほどの巧みな刺繍がなされていた。襟飾り一つだけで、どれだけの民が一年食べられるかわからない。何せ彼は、このアングルテール王国の王太子だからだ。

だが、その完璧な造作の顔から投げかけられてくる眼差《まなざ》しは、氷のように冷ややかだった。

このまま八つ裂きにしてやりたい、っていうほどの憎しみを感じ取る。

――その気持ちも、わからないこともないんだけれどね。

イザベラは身体の前で両手を組み、サミュエルの罵声に耐えながら考える。

イザベラには、サミュエルの最愛の恋人、『プリンスウェル王立学園～胸キュン・プリンス奪還』の正ヒロインであるアンジェラを毒殺しようとした疑いがかけられていた。

――疑いどころか、この様子だと、絶対にわたしがやったと思いこんでるわ。

さきほどの宣言によって、この乙女ゲー世界の悪役令嬢であるイザベラが、サミュエルとハッピーエンドを迎え、この後、二人は幸せに暮らしましたというルートは完全に閉じた。だとしたら、この先の展開はわかっている。イザベラはここで断罪され、退場となるのだ。

正ヒロインであるアンジェラのほうは、イザベラとの婚約を破棄した王太子からあらためて求婚され、エンディングへとつながる流れとなる。

――だけどそれは、わたしが一番避けたかった展開じゃないの……！

どうにかここで、踏みとどまらなくてはならない。断罪され、退場となったら、ここにいる自分がどうなるのかわからない。サミュエルの怒りに圧倒されながらも、その言葉が途切れた瞬間、イザベラは必死で言葉を挟んだ。

「待ってくださいませ……！　このわたくしが、一介の庶民――いえ、一応は男爵令嬢ではありますが、ひどく貧しくて庶民同様のアンジェラを毒殺しようなんて、そんなはず、ありませんことよ！」

好き好《この》んでこのような言葉遣いをしたいわけではない。

だが、乙女ゲー世界に転生した呪いでもかかっているのか、イザベラの口から出るのはいつでもイヤミで傲慢なセリフばかりだ。

その言葉がさらにサミュエルを刺激したのか、怒鳴られた。

「黙れ！　おまえがあの部屋から去るのを見ていたという証人が大勢いる……！」

──あーあ。

やっぱりこんな展開になるしかないらしい。

そもそも、アンジェラが毒を盛られた、と言い立てる日に、イザベラはこの王立学園にいなかった。イザベラの父であるグッドウエーズリー伯爵に領地まで呼び出され、そこで愛馬の死を看取《みと》っていたのだ。

それを証言してくれる使用人も大勢いるはずだが、身内のものなどいくらでも偽証できるとして認める気もないのかもしれない。

今までもさんざん、自分がしてもいない悪事を押しつけられてきた。

それは、王立学園ものの悪役令嬢としては、当然の役回りでもある。

曰《いわ》く、王立学園の年間行事として最高に盛り上がるダンスパーティに、アンジェラを招かせないようにした張本人であり、それでもアンジェラが出席できるようになったときには、そのドレスに飲み物をぶちまけて、台無しにした。

もちろん、イザベラはそんなことはしていない。

前世の記憶を取り戻しているから、この王立学園のゲームの分岐はほとんど記憶している。どうして自分が転生したのが正ヒロインではないのかと嘆きながらも、悪役令嬢である自分にとってのバッドエンドを回避すべく、努力してきたのだ。

──だって、バッドエンドになると、伯爵令嬢である身分を剥《は》ぎ取られて、王都から追放されるから。

この時代、貴族に生まれなかった女性の労働環境は過酷だ。

酒場や宿屋の使用人。どこかのお屋敷の使用人。すごく頑張って良家の子女や子息の家庭教師の職を見つけたとしても、その主人一家の横暴にひたすら耐えなければならない。

まともに人権が保障されていない社会で、女一人生きていくのは大変なのだ。

そんな苦労が目に見えていたから、どうにか伯爵令嬢の地位にしがみついておきたかった。

そう思っていろいろ努力してきたというのに、どの分岐のときにもビックリするほどイザベラにとって、悪い方向にばかり話が動く。

してもいない悪事をしたと言い張る証人が、何人も出てきてはアンジェラを擁護した。そのせいで、彼女が登場するまではこの学園一の美女として君臨していた高嶺《たかね》の花であるイザベラの信用は地に墜《お》ちていった。

——だから、……もう無理、なのよね。

わかっている。

この展開には、見えざる神の意志のようなものが働いているのだ。どんなにあがいても無駄であり、イザベラ一人が何をしようとも、展開は変えられない。

自分はこの乙女ゲーにおける悪役令嬢であり、正ヒロインであるアンジェラに何かと嫌がらせをして、疎《うと》まれる役回りだ。最初のほうこそ、その美貌や伯爵令嬢という地位でアンジェラに劣等感を抱かせるものの、所詮は噛《か》ませ犬。

　ここで、イザベラの出番は終わりとなる。

　バッドエンドのその先に何があるのか、イサベラはまるでわからずにいた。


　このアングルテール王国は、七大陸の一つである大陸エウロパの、一角を占めている。五十近くの国がひしめくエウロパの中で、五指に入る経済力と国力を誇る強国だ。

　そのアングルテールの有力貴族であるグッドウエーズリー家の伯爵令嬢として生を受けたイザベラが、前世の記憶を取り戻したのは、今から三年前にあたる十五歳のときだった。

　社交界デビューのために、王城で開かれるパーティに出席したのだ。親同士が決めた婚約者としてサミュエルと引き合わされ、互いに真っ赤になりながら手と手を取り合い、ギクシャクしながら初めてのダンスを踊っていたときに、現実と二重写しのように前世の記憶が鮮やかに蘇《よみがえ》ってきた。

　平成から令和になる日本で、イザベラはモテない女として生きてきた。三十を前にして男性と付き合った経験もなく、乙女ゲーだけが趣味という地味な事務職のOLだった。

　何で自分が乙女ゲーの世界に転生したのか、全く理解できない。だけど、そのころは転生ものも流行《はや》っていた。わりと理由もなく転生していたから、自分の場合もそうなのだろうと甘んじて受け入れるしかなかった。

転生した世界は架空ファンタジーの世界だった。

じわじわと工業化が進み、資本家も台頭しつつあったが、まだまだ王城では豪華なドレスをまとった貴婦人が優雅に舞踏会に集まっている。

産業革命が多少進もうとも、王族や貴族の地位や立場に目立つほどの変化はない。彼らの多くが変化を疎んじ、屋敷に水道や電気を入れることすら拒んでいたからだ。

――まぁ、屋敷がとても古くて、改修が大変、っていう理由も大きいんだけど。

イザベラはそれらを嫌う父親である、グッドウエーズリー伯爵を説得したときの苦労を思い出す。

今では王都にあるグッドウエーズリー家のシティハウスには、最新型の水洗トイレが備わっている。大々的な下水工事が王都で行われる前までは、町には悪臭が漂っていたと聞くが、その後の世界に転生して本当に良かった。

あともう少し産業革命が進んだら、石炭による煤煙《ばいえん》で空が覆いつくされることだろう。そのちょっと前という、古き良き時代だ。

実際のところ、そう悪くはない転生先だった。

グッドウエーズリー家は王家に次ぐ由緒のある名家であり、仲の良くない隣国と相対するエリアに領土がある。歴史的に隣国とは小競り合いを繰り返しており、強大な領兵を擁していた。それだけに王家との密接な関係が不可欠だった。それもあって、イザベラと王太子の婚約となったはずだ。

何よりイザベラが気に入っているのは、この転生先の肉体の美しさだった。髪の色は、神秘的な銀色。いかにも悪役令嬢らしい、ひたすら高貴で整った、ツンと取り澄ました感じの顔立ち。

顔も小さく、ウエストも細い。胸も豊かだ。

これだけ綺麗《きれい》に生まれ落ちたなら、装うにも力が入る。好きなだけスナック菓子や炭水化物を食べていた自堕落な地味ＯＬ時代とは違って、ほっそりとした身体をキープするにも気合いが入った。

王立学園でも王太子の婚約者として揺るぎのない地位を築いてきたというのに、そんなイザベラの前に現れたのがアンジェラだった。

その姿を目にしたとき、イザベラはこの世界で『ゲーム』が始まったのだと本能的に察知した。

サミュエルを奪われないために、自分はどうにかこの女に勝たなければ、と焦《あせ》ったのだ。

だが、可愛《かわい》らしい顔立ちをしたアンジェラは、天然さすら装って、甘い言葉とコケティッシュな眼差しでサミュエルを誘惑した。それだけではなく、その豊かな胸元にサミュエルの腕を引き寄せるなど、ボディタッチまで駆使してサミュエルをたぶらかす。

そんなアンジェラ相手に、ついに負けたのだ。


明日が、このプリンスウェル王立学園の卒業式となる。そこでゲームはエンディングへ向けて盛り上がっていくのだが、出番を終えたイザベラは、追い立てられるように学園を出た。

馬車に乗って帰宅したグッドウエーズリー家のシティハウスの中でも、バッドエンドな展開が待っていた。

「おまえは！　……王太子と婚約破棄だなんて、なんて恥さらしな真似《まね》を……！」

父である伯爵が、ダンディな顔を真っ赤にして怒鳴り散らす。

貴族にとっては家柄こそが全てであり、それを強固なものにするために、結婚によって王家との関係を保つのが不可欠だ。

だからこそ、このグッドウエーズリー伯爵家は何度も王家との婚姻関係を結んできた。なのに、『王太子の正妃』という最高のステータスを台無しにしたイザベラが許せないのだろう。

父の目から見たイザベラは、これといって特に問題はないはずだ。頭も良く品もあり、美しい自慢の娘。

よほどのことがなければ、王家との正式な契約である婚約が破棄されるなんてあり得ない。

なのに、いったいどうして。

——そんなの、わたしのほうが知りたいわよ。

イザベラはそんな気持ちだった。

だけど、これはもう個人の努力ではどうしようもないことなのだ。それでもせめて、衣食住に困らない伯爵家においてもらいたい。

なのに、誉れ高いグッドウエーズリー伯爵は、説教の後でため息とともに吐き捨てた。

「このまま家に、おまえを置いておくことはできない。どこへなりとも、姿を消せ」

「え」

思わず、声が出てしまった。

すがるように視線を向けたが、父は端整な顔を背《そむ》けた。

「プリンスウェル王立学園があるのは、王家の直轄領《ちょっかつりょう》だ。王と王妃が国外にいる今、直轄領の裁判権は、サミュエルさまにある」

——そう。今は、王と王妃さまは留守なのよね。

王や王妃は滅多《めった》に国を空けないのだが、エウロパの端に位置する小国の王家が数年前に断絶したのだ。

その領土を狙って、かつて婚姻関係にあった国々が継承権を主張し始め、戦争が勃発しそうになった。だが、どうにか協議によって分割が決まり、アングルテールの王と王妃はその分割された新しい領土の王として即位式に臨《のぞ》む旅に出ている。

このような事情だから直接にらみを利かせておく必要があるのだろう。留守中の国の舵取《かじと》りは部門ごとに責任者が定められ、王家の直轄領における裁判権についてはサミュエルに託されたらしい。

「そのサミュエルさまから、おまえが戻る少し前に、通知が届いた。『イザベラ・アレクサンドラ・メアリー・オブ・グッドウエーズリーとの婚約を破棄し、彼女から貴族の地位を剥奪《はくだつ》する』」

父が手にした羊皮紙には、その正式な通知があるらしい。

この国では貴族の地位は自動的に付与されるのではなく、正妻から生まれた子のみの登録制だ。おそらくは、非嫡出子による継承を防ぐためだ。

父は眉間に皺《しわ》を刻みながら、羊皮紙をテーブルに置いた。

「これを届けた王立裁判所の使者は、追って沙汰を待つように、と付け加えていった。この意味がわかるか?」

「……ええと」

戸惑うイザベラに、伯爵は重々しく言葉を重ねた。

「おまえは、サミュエルさまの、最愛の思い人を毒殺しようとしたそうだな」

どこまで知られているのかと、イサベラは慌てた。

「いえ、そのような」

「このままでは嫌疑が固まり次第、明日にでもおまえを捕らえようと捕縛隊がやってくるだろう。そうなった場合には、このグッドウエーズリー家は立場上、おまえをかばうことはできない。引き渡すしかない」

法と秩序は、この世界にもあった。

権力者によって、かなり恣意的に適用される法だ。学園内では生徒会が大きな権力を持ち、学園を牛耳《ぎゅうじ》っていた。

学園外においても、別の種類の社会規範がある。町には町の法があり、何か犯罪が起きたとき、人々を納得させるために厳しい取り締まりが行われる。

貴族たちも取り締まられることがある。その力を持つのは、王から職権を託された王立裁判所だ。そして、王の直轄領において、責任者はサミュエルとなる。

「わかるだろう?」

父の言葉に、イザベラは震え上がった。

「ですけど、父さま……っ」

イザベラはどうにか食い下がろうとした。蝶《ちょう》よ花よと育てられ、王立学園を明日卒業する予定だった貴族の娘が、衣食住を奪われて外の世界に放り出されて、生きていけるものだろうか。

イザベラが訴えたいことを読み取ったのか、父は身体の前でヒラヒラと手を振った。

「わかっておる。うちで匿《かくま》うことはできないが、ほとぼりが冷めるまでそなたを世間から隠しておくぐらいのことはする。ただし、いつ捕縛の手が伸びるかわからんから、身を隠しておく必要がある。すぐさまここに向かえ」

伯爵が地図に印《しるし》をつけ、イザベラに手渡した。

かくして、イザベラはとるものもとりあえず、伯爵家のシティハウスから出ていくことになったのだ。手にしているのは、数日分の着替えとちょっとした宝飾品のみ。しばらく暮らすだけの資金は、追って届けると言われた。心細かった。これから先の自分の人生にどんな展開が待っているのかわからない。

外に出たときには、霧が渦巻いていた。

もうじき、日暮れだ。今夜はどこで宿を取ることになるのだろうか。

——ええと。……乙女ゲーのエンディング後って、どうなってるの……？

人気があれば、それぞれの攻略キャラの追加シナリオが配布される。だが、攻略キャラならまだしも、途中で退場することになった悪役令嬢の追加シナリオなどあった試しがない。それでも、イザベラの身体は存在しているようだ。だとしたら、この世界で生きていくしかない。

イザベラはマントを身に巻きつけ、とぼとぼと町を歩く。

どんな形で、世間から匿《かくま》われるのかもわからない。グッドウエーズリー伯爵領のどこかに隠れるのか。それともそこから離れた僻地《へきち》で暮らすのか。いっそ国外に出るのか——。

王都の広い道を歩き、ポツポツと灯《とも》り始めたガス灯の下で、イザベラは立ち止まった。渡された地図を確認する。指示されたのは、町外れの宿場町《しゆくばまち》だった。

——ここって、駅馬車の停留所のあたりよね。

グッドウエーズリー伯爵家ほどの財力があれば独自に馬車を持っているが、庶民や証人は町から町へ移動するときに駅馬車を使う。

乗り合いの駅馬車がどんな様子なのか想像しながら、イザベラは貴族のシティハウスが建ち並ぶ地域を通り過ぎ、高級ブランドが集まる通りへと差し掛かる。だが、ここを通って、うかつに知人に会うわけにはいかない。

そう思って、一本裏道に入ったときだった。

いきなり背後から抱きこまれて何かで口を塞がれた。焦って息を吸うたびに意識が遠くなっていく。

最後に記憶しているのは、顔に何か麻袋《あさぶくろ》のようなものをかけられた感触だった。

第二章

目が覚めたとき、イザベラは見たこともない部屋で、ソファに寝かされていた。

ボーッとしながら室内を見回していると、どこかから声がした。

「おまえは昨日、ここに売られた。今夜から客を取ってもらうから、覚悟するんだな」

「は？」

イザベラは何を言われたのかわからず、目をぱちくりさせながら、声がしたほうを向き直る。

伯爵家のシティハウスを出たのは夕暮れ時だったはずだが、今はひどく明るい。これは、もしかして、一晩ぐっすり眠った後ではないだろうか。

こぢんまりとした室内には、最近流行しだした壁紙が綺麗に貼られていた。緋色《ひいろ》を基調にして金の装飾がされた椅子や、調度品。天井からぶら下がっているのは、電気を使ったシャンデリアだ。

さすがにグッドウエーズリー家の豪華なシティハウスとは比べものにはならなかったが、それでも裕福な家の居間のようだ。

――けど、何？　客……？　売られたって……？

イザベラは視線を目の前の男に据える。

濃紺の長い上着の裾を椅子の縁に流し、長い足を見せつけるように組んでいる。

少し青みがかった長い銀髪を背で結い、片方の眼窩《がんか》にレンズをはめこんだ、二十代か三十代ぐらいの男だ。レンズに安定感があるのは、それだけ彫りの深い端整な顔立ちをしているからだろう。

落ちたときのためにレンズからは細く鎖が伸び、それがアクセサリーの役目も果たしている。だが、イザベラにとっては、その男の風体《ふうてい》がこの上もなくあやしいものに見えた。

「あなた、誰？　売られたって、わたし、自分を売ったつもりなんてないんだけど？」

声はすらっと、口から出た。今まではゲームの悪役令嬢だったからか、出る言葉は全てザアマス口調だったが、頭に浮かんだままの言葉遣いになっていることに仰天する。

だが、目の前の男はイザベラとはもちろん初対面だったから、そのことに驚いた様子はなかった。

「俺はジェームズ。ジェームズ・スミス。この館《やかた》のオーナーだ。おまえに売ったつもりがあったかどうかは、俺には一切関係がない。現実として、おまえは売られたということだ」

ジェームズの口調は静かだったが、威圧感があった。だが、こんな理不尽を受け入れるわけにはいかない。

「けどわたし、お金受け取ってないわよ？　誰が売ったの？　いくらで売ったの？」

「おまえには関係ない」

「関係ないって、どういうことよ……！」

イザベラはいきり立った。

だが、ソファから足を下ろそうとした拍子に、自分が見覚えのないドレスを着ていることに気づく。胸元だけは切り返しで、なけなしのフリルが使われていたものの、薄汚れた花柄のくるぶし丈のスカートはまるで庶民の古着だ。

「これ……っ！」

スカートの布部分を握りしめて、イザベラはわなわなと震えた。

「わたしの着てた服は？」

「それだ」

「追《お》い剥《は》ぎまでされたわ……！」

サミュエルに断罪されて学園から追い出されたイザベラが身につけていたのは、地味だが質のいいドレスに、旅装用のマントだった。そこそこ既製品が出回るようになってはいたが、高級品のオーダーメイドだ。

そのドレスを奪い取られたことに、イザベラは憤らずにいられない。

「こんな勝手なことがあっていいわけ？　勝手に人をかどわかして売るなんて、暴漢が一方的に有利じゃない？　せめてわたしを売ったお金は、売られたわたしに渡されるべきだと思うんだけど！　システムとして、間違ってるわよね」

さんざん抗議したのだが、ここでは通用しないようで、馬耳東風《ばじとうふう》とばかりに聞き流された。

ジェームズが勝手に説明したところによると、イザベラがいるこの色町《いろまち》には、四十七の娼館があるそうだ。ここはその中で最も高級な『ゴールド・ディストリクト』であり、客にしているのは名のある貴族や、裕福な資本家ばかり。

「その店に売られたんだ。ここで売れっ子になれば、下手な貴族よりも豊かになる。そのことを誇れ」

「誇れって言われたって、ここは娼館で、わたしは娼婦《しょうふ》ってことなのよね」

いきなりの身分変更に戸惑うしかない。

何なのだろう、これは。

乙女ゲーがエロゲーになったぐらいの急転直下だ。

そんなイザベラを見据えながら、ジェームズは口元に軽く拳《こぶし》を添えた。

「ちなみに、逃げ出そうとしても無駄だ。この色町は高い塀に囲まれていて、出入りは大門の一カ所のみ。しかも、おまえの足首にはめてあるアンクレットが、通ろうとするとブザーを鳴らす」

「え？」

イザベラは慌てて自分の足首を見た。装飾品としか見えないアンクレットがいつの間にかはめられている。外れないようだ。ブザーが鳴るのはどんな仕組みかわからないが、この時代の工業の発展は、バカにならない。

娼館に売られたことをまだ受け入れられずにいるうちにジェームズは去り、代わりにやってきたのは、十歳ぐらいの可愛い少女だった。

くるくるとした金髪に、桜色のふっくらとした頬《ほお》。

チェックのドレスにエプロン風に布を重ねて、汚れないようにしている。

「シャルロッテです。ご案内いたします」

シャルロッテは幼い手でイザベラの手を引き、長廊下をたどった先にある別館の、二階の部屋まで先導してくれた。

「お部屋はここを使ってください。お客様を取るのも、昼間過ごすのも、この同じ部屋です。お仕事用のお洋服は、ここに入っています。最初は一枚ですが、お客様におねだりして、増やしていくといいと思います。あと、昼間は好きなように過ごしてよいのですが、大門を通ることはできませんので」

高級娼館というだけあって、ちゃんと電気や水道は通っているし、トイレも水洗だったのが通りすがりに見えてホッとした。お風呂も入れるし、客を取った後には、お湯を満たしたたらいが部屋まで届けられるそうだ。

そんな細かなことまで、シャルロッテは順に説明してくれる。賢い子のようだ。

——だけど、客、かぁ……。

まだまだ実感が湧かないまま、イザベラはシャルロッテの説明を聞き終えて、ため息をついた。シャルロッテがお茶をいれてくると言って席を外したので、窓を開いて外の空気を取り入れながら、色町全体を眺める。

王都の片隅に色町があるのは、ぼんやりと知っていた。だけど、それはイザベラにとってあまりにも縁遠いもので、まさか自分がそこで客を取る身になるとは思っていなかった。

窓から見えるそれぞれの娼館は三階か四階建ての石造りで、貴族の館のような立派な作りだ。だが庭はなく、地面はほとんどが石畳で覆われている。殺風景ではあったが、王都の市街地とさして変わらない眺めでもある。

——だけど、あれが壁か。高いわ。すごく高い。乗り越えられそうもないわね。

色町をぐるりと囲む威圧感のある壁は、すぐに目についた。

それは、三階建ての石造りの娼館よりも遙《はる》かに高く、高見の城壁ぐらいあった。

ここと大門が通れないとしたら、他に逃げ出す術《すべ》はあるのだろうか。

——まぁ、そこらはおいおい探っていくしかないわね。

イザベラは室内に視線を戻す。

普段の寝起きにも、客を取るにも使われると言われた部屋の中央には、キングサイズのベッドがデーンと据えてあった。

壁沿いに置いてあるのは、クローゼットと化粧台。それと、ソファとテーブルだ。

それらがせせこましい感じもなく置かれているのだから、転生する前のイザベラの一人暮らしのアパートよりも広い。

ジェームズと面会したリビング同様、調度はそこそこ金のかかったものだった。だが、クローゼットを開けてそこにあった『仕事用の服』を見たイザベラは固まった。

——ヤバくない？

コルセット風の胴着《どうぎ》は胸元から腰を覆うぐらいの長さがあったが、その下がない。ギリギリ下着が見えないぐらいのところまで幾重ものフリルで隠されてはいたが、太腿《ふともも》がほとんど露《あら》わになる格好だ。

この世界に転生して三年も経《た》つから、しっかりと貴族のマナーは心得ている。

一番はしたないとされるのが、足を見せることだ。だからこそドレス丈は床に届くぐらいのものでないと、眉をひそめられる。こんな短さは、それこそ娼婦の格好だ。

——隠されれば隠されるほど、男は足にエロスを感じるみたいなのよね。

準備された『仕事用の服』が、ひどく扇情的なものであることは間違いない。それに合わせるのは、ガーターストッキングと、それより短い膝丈のブーツだった。

地味ＯＬだったときはもちろん、転生してからもこんな色っぽい服は身につけたことがなかった。

イザベラは完全に固まったまま、なかなか動けない。

伯爵家にいるときだったら、これは下着姿だと判断されるはずだ。この上に引きずるほどのスカートや長衣《ちょうい》を身につけ、肌が見ないようにするのがこの時代の淑女の身だしなみだ。

そんな感覚がいつの間にかついてしまったイザベラだが、冒険心がないわけではない。むしろ背徳的な格好を試したくなってきた。

——まぁ、今のわたしだったら、こんなのもきっと似合ってしまうんだわ。

ドキドキしながら、その服に手を伸ばす。

その途端、イザベラのためにお茶をいれてくれたシャルロッテが戻ってきた。一瞬、びっくりして手を引っこめる。

だが、またおずおずと手を伸ばしながら、尋ねてみた。

「このような服、他のかたも着ているの?」

「はい。淑女風のドレスのかたもいらっしゃいますけど」

「足、……見せちゃうんだ……」

「きっと、お似合いになりますよ」

にこにこしながらそんなふうに言われると、やはり試すしかなくなる。

シャルロッテがお茶を置いて去るのを待ってから、イザベラは仕事着を試着してみることにした。

転生して幸せだと思ったのは、この肉体が限りなく美しく、バランスがいいことだ。

ほっそりとした手足に、出るところがしっかりと出た、色っぽい身体。寸胴《ずんどう》体型だった前世とは違い、足もすらりとして長い。

何より太腿からふくらはぎにかけてのラインが絶品だった。

実は密《ひそ》かに、この足のラインを他人に見せられないことを残念に思っていたのだ。

——だけど、ようやく見せられるんだ、足……。

それでも、ドキドキした。三年ほどでこの世界に毒されたのか、やたらといけないことをしている気分になる。

色っぽい太腿にガーターストッキングとブーツを合わせると、たまらなく足のラインが引き立つ。それに下着同然のコルセット風胴着を合わせて鏡を見ると、自分でも惚《ほ》れ惚《ぼ》れするほど艶《つや》っぽいお姉さんのできあがりだ。

だが、イザベラは鏡をしみじみと眺めて、ため息をついた。

——だけど、わたし、処女なんだわ……。

娼館に売られたというのに、それが大問題だった。

この『ゴールド・ディストリクト』には、娼婦がざっと三十人はいるらしい。どの娼婦も選び抜かれた美女揃《ぞろ》いだとジェームズが自慢そうに言っていただけあって、同性の目から見ても惚れ惚れするほどだった。

どうやら新人いびりのようなものはないようだ。気ままに過ごしているらしい彼女たちと挨拶をしたり、お昼を食べたり、シャルロッテに娼館全体を案内してもらったりしているうちに、営業時間となった。

色町にガス灯がつき、娼館の正面に営業を知らせるあかりが灯る。

お仕事用の衣装に着替えたイザベラは、狭い一室で客を待つことになった。

いつもは大部屋で客がつくまで待つらしいのだが、初日の今日は特別だと、ジェームズに言われている。

イザベラのほうからは見えないのだが、おそらく薄い布が張られたドアの向こうからイザベラの姿が見えるのだろう。他の娼婦が客を誘惑している声に混じって、常連客とジェームズが話しているのが聞こえてくる。

「ええ。今日が初めての、生娘《きむすめ》です。特別なお客様にだけ、お見せしております。滅多に出ない上玉で、素晴らしい美人ですよ。もしかしたら、名のある令嬢ではないかと」

――名のある令嬢？

そんな言葉に、イザベラはギョッとした。イザベラは名家の出身で、元伯爵令嬢だ。だが、王立裁判所から追われる身になっているかもしれない。

「へえ。名のある令嬢だったら、こんなところにいるのはマズいんじゃないかい？」

客の呑気《のんき》な声に答えたのは、別の客の声だった。

「バカ言え。名のある令嬢が、こんなところにいるはずがない。万が一、令嬢が人さらいにかどわかされたとしても、その日のうちに照会が来る」

「そうなのか？」

「そうなんだよ。人さらいは重罪だ」

そんなシステムがあるとは、知らなかった。

だが、イザベラがいまだにここにいるということは、グッドウエーズリー家からそのような照会は来ていないということだろう。父はイザベラが駅馬車の近くの宿で逃亡を手引きしてくれる者と無事に落ち合い、どこかに逃亡したと思っているのか。

――え？　それって、変じゃない？　駅馬車で待ってた人は、わたしが来ないって連絡しないものなの？

そのあたりが謎だったが、その人はまんまと礼金だけをせしめて、国外に出たのかもしれない。

もしイザベラの行方が知れないとわかったとしても、王立裁判所の捕縛の手が伸びていて、堂々と色町に問い合わせできないのかもしれない。

――生娘、なんて本当のことも、言っていないはずなんだけどな……。

イサベラはじわじわと赤くなる。尋ねられた覚えもない。

だが、ジェームズは真実かどうかは関係なく、それをセールストークにしているようだ。

「一番高値をつけたお客様にお渡ししますので、しばらく待っていただくことになりますが」

そんなジェームズの声とともに、気配が遠ざかる。だが、また次の客を連れて、次々とイザベラを披露していくのが、声でわかった。

――結局、売られるのよね……。

イザベラはげんなりした。

自分の自由意志はどこにあるのか、と訴えたい。

だが、この世界に転生したときから、そのあたりはあってないようなものだ。

だんだんと、自分の服装も気になってきた。

――太腿《むね》剥き出し。……恥ずかしい。

前世の記憶を取り戻してから、三年だ。イザベラとしてこの世界で十五年間生きてきた知識もミックスされた上での転生だったから、さして戸惑いはなかったように思う。

サミュエルの婚約者としての、三年間だった。いきなりあのようにハンサムで輝かしい婚約者ができたことに焦《あせ》り、戸惑い、結局は破局を迎えた。

サミュエルとは儀礼的なキスと、ハグと、手をつなぐことしかしなかった。

――別に貞操を守ってたわけじゃないけど、今夜、ついに散らされるのね、わたし。

自分で相手を選ぶ余地もなく、金で自分を買っただけの男に抱かれるのだと思うと、やけに口惜しいような気持ちにもなる。

自分の身体は自分だけのものだ。

そんな常識すら、ここでは通用しないのだ。

――あーあ……。

処女喪失の一大事を前に、緊張と投げやりな気分が同居している。娼婦としてどう振る舞えばいいのかなんてわからなかったから、娼館にいる女に一応は遠回しに聞いてみた。だが、教えてもらったのはコンドームの使い方という具体的なことだった。

すでにこの世界では、加硫《かりゅう》ゴムのコンドームが流通しているらしい。それさえつければ、大丈夫だと言っていた。

このゴム製ができるまでは、何をどんなふうに使っていたのだろうか。気になって尋ねてみたら、以前は羊の腸を水につけて柔らかくした後で、根元をリボンでしっかりと結んで固定していたそうだ。

――今は、ゴムがあって本当によかったわ。

羊の腸なら外れそうでヒヤヒヤして、落ち着かないだろう。だが、黎明期《れいめいき》のコンドームだからどれくらい使いやすくて破れにくいのか、未知数だった。そんなことを考えながら待っていると、ようやく誰かが小部屋のドアを開いた。

ジェームズとともに姿を現したのは、堂々とした出《い》で立ちの若い男だ。この男が、一番高値をつけたのだろうか。

――ええと。

だが、何より戸惑ったのは、男の顔がわからないことだ。目のあたりから頬の途中まで、完全に人相が隠れるように、緋《ひ》と黄金で彩られた布製のマスクをつけている。

仮面舞踏会で貴族がつけるタイプのものだ。

それでも、頬のラインや鼻梁の端整さ。唇の造形から、かなりのハンサムだと推察できる。特に唇は理想的な形の良さだった。マスクから見える白い肌や、マスクに降りかかる黄金色の豪奢《ごうしゃ》な髪の艶の良さからも、彼が恵まれた身分にあるのが見て取れる。

背はすっと高く、成人なみの体格をしていたが、まだ彼は二十歳かその前後かもしれない。そう思ったのは、全体的な雰囲気からか。

このような場には慣れないのか、落ち着かないでいるのがわかった。だが、幼いころから下に扱われることなく育ったらしい。場を制するような支配階級の傲慢さが、その全身から漂っていた。

「どうして、……マスクなんて」

若い男の存在感に気圧《けお》されながらジェームズに尋ねると、答えたのはその男だった。

「このような娼館で、顔を隠すのはよくあることだと聞いていたが。ここで顔を見られて、何かと正体を探られるようなことになったら、面倒だからな」

声には見下すような響きがあり、威圧的なたたずまいと相まって、イザベラを刺激した。

彼が身分のある貴族だということは、マスク以外でも伝わってきた。

身につけているのが、ふんだんに金のかかった衣装だったからだ。

ジェームズもそれなりの衣服を身につけてはいたが、彼のものは格が違っていた。

一応はお忍びの身らしく、黒一色の長衣に襟足や袖口からレースのフリルをのぞかせている。

だが、その衣服を維持するために、惜しみなく使用人の手間暇がかかっていることが伝わってきた。そこまで精緻なフリルだと、少し引っかけただけでも繕《つくろ》うのが大変だ。

イザベラが彼を観察している以上に、その男もイザベラをじろじろと眺めて見ているのがマスク越しでも感じ取れた。

軽くあごに手をあて、自問するようにつぶやいたのが聞こえてくる。

「他人のそら似か？　だが……」

――は？

そのつぶやきに、心臓が縮み上がった。

もしかして、この男はイザベラとしての自分を知っているのだろうか。イザベラは王立学園では知らないものがいないほど目立つ存在だったたし、あちらこちらの貴族のパーティでも引っ張りだこだった。

社交界で会ったのかもしれないと思ったが、もしかしたらイザベラは王立裁判所に追われている可能性がある。だからこそ、他人のふりをする必要があった。

男の視線を遮《さえぎ》るように、イザベラはピシャッと言ってやった。

「人の顔をじろじろ見るのは、やめてくれる？」

自由にしゃべれるようになったからこそ、イザベラの口調には遠慮がない。

だが、ジェームズが取りなすように言ってきた。

「まあまあ。今宵《こよい》、一番の高値でおまえを競り落としてくださったお客様だ。丁寧に、お部屋まで案内しろ。生娘だし、何もかも初めてだろうが、全てお客様が教えてくださるから、心配はいらない」

――だから、生娘だとか、そういうの口に出すのやめてくれる？

勢いを削《そ》がれる。

恥ずかしくていたたまれない。ジェームズにとって自分は、生娘というところしか売りがないのかと思うと、落ちこんでもくる。

今の自分は娼婦なのだ。ここまでの展開が急すぎて頭がついていかないが、逃げ出す方法も見つけられずにいるうちにここに至ってしまった。

——どうしよう。

いまだに心の準備ができない。

男性と関係を結ぶことに対する憧れが、全くなかったわけではない。それでも、思い描いていたのはそれなりに恋愛感情を抱いた上でのセックスであって、いきなり金で買われる関係ではないのだ。

たじろいで立ちつくしたイザベラの手を、男がつかんだ。

ふわっと、いい匂いが漂《ただよ》う。その匂いにどこか覚えのある気がして意識を奪われた拍子に、腕を引っ張られて部屋の外に出た。

何か話でもあるかのような態度に思えた。やはり、自分の正体について知っているのだろうか。

「部屋はどこだ?」

威圧的に尋ねられ、イザベラは答えた。

「突き当たりを、二階まで上がったところよ」

腕をつかまれ、先導されて狭い階段を上がっていく。イザベラに与えられたのは、階段からすぐの角部屋だ。

部屋に連れこまれて、目に飛びこんできたのは、中央にある大きなベッドだった。ベッドサイドのテーブルには小さなランプが置かれて、オレンジ色の光を周囲に投げかけている。

部屋に着いた途端、男は閉じたドアにイザベラの肩を押しつけ、顔をのぞきこみながら尋ねてきた。

「どうしておまえが、……こんなことをしている？」

――え？

おまえ、という言葉に、鼓動がせり上がった。

軽く顔を動かしたら触れてしまいそうなほどすぐそばに、男のマスクがあった。目のあたりがくりぬかれたタイプのものだ。

だが、焦点を合わせようとしただけで、クラクラする。

それはどうしてなのか、イザベラにはわかった。今の時代でもわずかに残る魔法の効果だ。おそらくそのマスクに装飾的に描かれている魔法の模様によって、マスク越しの顔が誰のものなのか、わからないようにされているのだ。だからこそ、唇だけとか、鼻だけとか、彼の一部の造形にだけ意識を向けるしかない。

それを組み合わせて彼の素顔を思い描こうとしただけでも眩暈《めまい》がしたから、イザベラはぎゅっと目を閉じた。

「あなた、誰よ？」

言い返してみたが、答えはない。

ただ、その息づかいが聞こえた。男性とここまで身体を密着させているだけで、経験の少ないイザベラは自然と身体を強《こわ》ばらせてしまうのだが、彼からは興奮は感じ取れない。

軽く手が伸び、イザベラの頬がなぞられる。

だが、愛情は感じられなかった。生意気なペットをつつき回しているとでもいったような、興味本位の指の動きだ。

「俺は名乗らない。名乗ったところで、意味があるとは思えないからな。身分がありそうな令嬢とお見受けするが、どうしてこんな娼館で、身を売る羽目になった……？」

「令嬢だってことは、認めてくれるんだ？」

イザベラは目を閉じたまま、声にイヤミをこめてみた。

さらわれたときに身につけていたドレスは盗まれ、下着まがいの扇情的な格好をしている。

幼いころから、蝶よ花よと育てられた伯爵令嬢ではある。着替えるときにはいつでも数名の侍女がかしずき、髪をといたり、風呂の後にタオルで身体を拭いたりすることさえ、侍女がやってくれた。

家事などしたことがない。何もかも人力でしなければならないこの時代、下働きの女の手はガサガサに荒れている。シャルロッテのように。

だが、男が喉の奥で笑ったのが聞こえた。

「オーナーは身分のある令嬢だの、生娘だのと言ったが、よくよくおまえを観察したら、高く売るための嘘《うそ》でしかないと思えてきた。本物の貴族の令嬢なら、いなくなったらすぐに手配がかかる。このような色町には、真っ先に探りが入るはずだ」

「っ」

この男も、さきほどの客と同じような知識があるようだ。

「それに、俺の知っている令嬢は、おまえみたいな蓮《はす》っ葉《ぱ》な言葉遣いをしない」

そう切り捨てはしたものの、男の手はイザベラの頬から離れず、その造形を探るようになぞってくる。

「にしても、ひどく似ているな。おまえの血縁に、何か身分のある者はいるか？　こんな色町に売られるぐらいだから、知るはずもないか」

男はくっと嘲るように笑った。

自分がグッドウエーズリー家の血縁ではないかと、あやしまれているのだろうか。

一瞬、この男がグッドウエーズリー家を知っていることを頼りに、父に助けを求めてもらおうかとも思った。

自分は元伯爵令嬢で、王太子の婚約者だった。サミュエルが玉座についたときには、この国で一番身分が高い女性になるはずだった。

だが、全ての身分を剥奪されて、こんなところで身を売ることになっている。そんな身の上話をしても、信じてはもらえないはずだ。

――やっぱり、無理よね。得体の知れない男だし。

グッドウエーズリー家との関係は隠しておいたほうがいい気がして、イザベラは知らぬ存ぜぬの態度を取ることにした。昼間聞いたシャルロッテの生い立ちを、話してみることにする。

「父親が誰かなんて、知らない。この色町の娼婦から生まれて、ずっと乳母に預けられてたの。成長してからここに戻されて下働きをした後で、今日、客を取ることになったという運びよ」

「父親は誰だ？」

「知らないって言ったでしょ」

「そうか」

なめらかな指先が、なおもイザベラの頬に触れていた。

生まれたときからろくに力仕事などしたことのないような、綺麗な指先だ。おそらく身分のない女など、どう扱ってもいいと考えているのだろう。話半分に聞いているに違いない。

頬には遠慮なく触れているくせに、男が他の部分には触れてこないことに不意に気づいた。壁際に遠慮なくイザベラを追い詰めているくせに、慎重に腰のあたりの距離を保っている。

――あれ？

ずっと威圧されてきたからこそ、ストレスを感じていた。この傲慢そうな男をからかってみたくなって、イザベラは露出した膝で男の太腿に触れてみる。

それだけで、ビクッと男の身体が大きく跳ね上がった。

「なっ」

狼狽《ろうばい》したような声が上がるのを、イザベラは心地良く聞いた。

この国の淑女は、宗教に縛られていてひどく貞淑《ていしゅく》だ。そうあることを、社会的に強要されている。

イザベラも今まではそのような女性像を演じてきたのだが、もはやそれを守る気にはなれない。これからは、自立して生きる道を探さなければならないのだ。

自分の頬に触れていた男の手が外れたので、ガチガチになっている男の肩にそっと触れてみる。緊張もするが、自分から仕掛けて相手を狼狽させるのはひどく美しい。

耳元でささやいてみた。

「あなたこそ、どうしてこんなところに来てるの？　常連なの？」

「このような悪所に来るのは、初めてだ。叔父に連れてこられたんだ。婚約者がいるんだが、その女とする前に、まずはここで手ほどきをしてもらえ、と」

——へえ？

婚約者がいる、という言葉が、イザベラの胸に突き刺さった。

淑女と違って、娼婦は人として扱われない。そんな価値観が、この社会にあることは知っている。だからこそ、独身のうちの娼婦遊びは問題にされないのだろうが、心が冷える。

だが、イザベラの気持ちなど無視して、男が顔を寄せてきた。

「なのに、生娘だなんてアテが外れたものだな」

「知ってて買ったくせに。ジェームズが、生娘生娘、って連呼してたわよ」

「生娘なのは、本当なのか？」

先ほど少しでもイザベラが主導権を握りそうになっていたのが悔しいのか、男は弱みにつけこんだように聞いてくる。

それには、どう答えようか迷った。

男がどこかぎこちないのをイザベラが感じ取っているように、男のほうも異性と触れ合うことにイザベラが慣れていないのを感じ取っているのかもしれない。

それでも、傲慢な態度を取る男には負けたくなくて、挑戦的に言い放っていた。

「色町育ちだから、やりかたぐらいは知ってるわ」

王立学園ではろくに性の知識は与えられなかったが、前世の記憶があるからそのあたりは補える。知識ばかりで、実践したことはなかったが。

「だったら、教えてもらおうか」

顔を寄せ、そんなふうに言い返されてぞくぞくした。

この男の傲慢さは気になるが、それでも初めて売られた相手が、生理的嫌悪感を抱くような相手ではなくてよかったと思いもする。顔は見えなかったが、マスクの間から見える頬のラインや唇や鼻梁は好ましく、ほどよく筋肉のついた長身も好ましい。

顔を寄せると、花に似た爽やかな匂いもした。

身体を売ることには、どうしても抵抗がある。

だが、ここで暴れても娼館からは逃げられないし、大門を通り抜けることもできない。どうせ近いうちに処女を失うことになるのだからと、腹をくくることにした。

――そうよね。どうせなら、……いい男相手に捨てたほうが。

性格は気に食わないが、相手も初めてならそう無茶《むちゃ》なことはしないだろう。やたらとドキドキしながらも、どうにか気楽に乗り切ろうとする。

イザベラはほっそりとした腕を伸ばして男の肩にからめ、耳元で甘くささやいた。

「やりかたなんて。身体触って、……いっぱい気持ち良くして、……たっぷり濡《ぬ》れたところで、入れてくれれば、……いい……のよ……」

この場に合ったあばずれを演じてみようとしたが、実際に口に出すのは抵抗があった。声がかすれてしまう。

あっという間に耳まで真っ赤になり、固まって動けないでいると、そんなイザベラの態度に男は楽しげに笑った。不慣れなのを見抜かれたのかもしれない。

だけど、何も言い返せないでいる間に、男はイザベラの腰に腕を回し、抱き上げてベッドまで運んでくれる。

数歩でベッドにたどり着き、その上に下ろされてから、男がイザベラの腰をまたぐようにして乗ってくる。いよいよだ、と思うと、鼓動が激しく鳴り響いて、呼吸すら苦しくなった。

「えらく緊張した顔をしてるな。……生娘というのは、本当だったのか？」

「だとしたら、何なのよ」

「優しくしてやる。……どこをどうすれば感じるんだ？」

男の手が伸び、乱れたイザベラの長い髪を掻《か》きあげる。首筋が露わになっただけで、敏感になりすぎた皮膚がピリピリと帯電している感覚があるほどだった。

「どこで感じるかなんて、そんなの、……わから……ない、……わよ……」

虚勢を張れたのは最初だけで、組み敷かれただけで怯《おび》えた子鹿のようになっていた。そんなイザベラの身体は横向きに倒されて、コルセットじみた下着のヒモがほどかれる。

緩められた服の間から胸を探られただけで、ごくりと生唾を飲まずにはいられない。

さらにコルセットの布地が押し開かれ、脇腹のあたりから乳房を包みこむように手を伸ばされて、ビクンと身体が跳ね上がった。

「……柔らかいな」

側面下のほうから軽くすくいあげるように触れられて、いたたまれなくなったイザベラはぎゅっと目を閉じた。

やたらと鼓動が乱れて、息ができない。いくら覚悟を決めていても、こんな状態が続くのは耐えられない。

「やっぱ、無理……」

思わず口走ったが、返事の代わりに男は柔らかく乳房を揉《も》んだ。

「気持ちがいいな。とても柔らかい。女の身体というのは、これほどまでに柔らかいものか」

そんなふうに言われても、イザベラのほうとしてはあまり気持ちがいいものではなかった。

それでも、皮膚の感覚が極限まで鋭くなっているためか、揉まれるたびにどこか甘い感覚が混じる。それがどうしてなのかと意識を集中させると、てのひらに乳首が触れていたからだった。

そこがやたらと感覚を拾い集め、尖《とが》り始めているのが自覚できる。

「ッン……っ」

ある程度まで乳首が硬くなると、揉まれるたびに受け止める刺激も多くなる。まともに乳首がてのひらに触れるようになると、揉まれるたびにぞわっと甘ったるい刺激が走った。たまらなく感じてくる。

だが、自分の身体を他人に明け渡すという初めての体験を、どう耐えていいのかわからない。

男の指は大きくて長く、それが柔らかな乳房に食いこむたびに甘さといたたまれなさが混じった感覚が広がる。

手が動くたびに乳首が不規則に刺激されるのがたまらず、時折、足の指にまで力が入った。

どんどん尖っては快感を拾い上げていくようになる乳首に意識が集中したそのとき、唇に生温かいものが触れた。

「っぁ！」

イザベラは目を見開く。身体を仰向けにされ、男のマスクが驚くほどすぐそばにあった。

「っふ」

唇をキスで塞がれている。その驚きに、息が止まった。男の唇は意外なほど柔らかかったが、それをしっかりと確かめる余裕もない。

熱く弾力のあるもので唇をなぞられて、ぞわぞわとした痺《しび》れが唇の表面から背筋まで駆け抜けていく。

舌先で唇の狭間《はざま》をこじ開けるようにされると、もはやまともに力が入らなくて従順に開くしかない。

口腔《こうこう》内に、男の唇が押しこまれてきた。

「……っ」

怯えて奥のほうに舌が丸まっていたというのに、それに男の舌がからみついてくる。舌と舌が触れ合う初めての生々しい感触に戸惑いながらも、イザベラは受け止めるしかない。

ずっと呼吸ができないでいた。息苦しさが頂点まで極《きわ》まったとき、イザベラはもがくように顔を振り、どうにか男の唇から逃れた。

ぶはっと詰めていた息を吐き出した瞬間、男が軽く笑った。

その笑い声は、追い詰められていたイザベラの耳にはとても柔らかく、優しく響いた。

男の顔を見上げて、表情を見定めようとする。

だけど、マスクで阻《はば》まれていてわからない。代わりに五感が研ぎすまされて、男の気配と与えられる刺激を、より感じ取ろうとしてしまう。

イザベラの息が多少整ったころ、男の手がイザベラの頬を正面に戻して、また舌までからめあうキスをされた。またしても与えられる生々しい感触に、イザベラは観念して口から力を抜くしかない。

イザベラからなかなか舌は動かせないでいたが、男の舌がからみつくたびにぞわっと全身が震えた。何かを食べているときとは全く違う感触だった。やたらと唾液があふれて、全身がぞくぞくとする。特に熱いのは、足の間だ。そこが熱くて、じゅくじゅくしてくる。

「っん、……ん、……ん……」

あふれ出す唾液をすすられていると、頭の中がぼんやりしてくる。

そんなとき、甘ったるい痺れが鋭く体内を駆け抜けて、びくんと背筋が跳ね上がった。男に胸を揉まれるだけではなく、その指で乳首を正確につまみ上げられたのだとわかったのは、直後のことだ。

「ッツ」

さらにくりくりと乳首を指先で転がされて、先ほどとは段違いの快感にうめいた。乳首から広がっていく快感は生々しくて鮮明で、それが蜜のように全身に蓄積されていく。

とろとろになったイザベラから、ようやく男が唇を離した。流れこんできた新鮮な空気を胸いっぱいに吸いこむことができたが、頭はボーッとしたままだ。

そんなイザベラの顔を、男はのぞきこんできた。

「顔、真っ赤だな。おまえの舌はひどく甘い。この身体は、どこもかしこも甘そうだ」

言った直後に男が吸いついてきたのは、指先でギチギチに尖らせた乳首だった。

「っんぁ！　……っあ……っあ」

そこはひどく敏感になっていて、軽くちゅっと吸いあげられただけで、イザベラの身体は跳ね上がった。

中心部を吸われた後で、ぬるぬると舌で乳首の周囲の色づいた部分ごと舐《な》め回される。くすぐったさを遙かに超えた甘い刺激が舌の動きに合わせて全身に広がり、つま先まで丸くなるほど全身に力が入る。

そんなふうにたっぷりと刺激されてから、甘噛みされた。

「ひゃっ！」

快感の中に、かすかに痛みが混じる。

だけど、それは嫌なものではなかった。乳首が感じすぎるだけに、そんな異質な刺激もたまらない。

大げさなほど自分が反応しているのがわかるが、それでもどうにも抑えきれなかった。そんなイザベラに興奮したのか、男がますます熱心に胸元に吸いついてくる。

ひたすら乳首を吸いあげられ、反対側を揉みたてられる。乳房に食いこむ指の力が強すぎて少し痛くもあったが、それよりも舐められる乳首からの快感が身体を溶かす。揉まれていたほうの乳房も、乳首を軽くつまみ上げられてしまったから、ぞくぞくと震えるしかない。

「ダメ、……そこ、……感じすぎる……から……っ」

じわりと涙が湧いた。

自分の声が、信じられないほど甘く溶け崩れているのがわかる。

その声に男は顔を上げた。唾液に濡れた乳首を指先でつまみ上げて、きゅ、きゅっとねじりながら圧迫を加えてくる。そうしながらも男の視線がイザベラの顔面に向けられ、感じきった顔をじっくり眺められているのがわかった。

こんな醜態を見られたくはなかったが、どうしようもない。濡れた乳首から次々と送りこまれてくる切ないような疼《うず》きを、イザベラは唇を噛んでやり過ごすしかない。

男はてのひらからあふれるほどの乳房の柔らかさをたっぷりと堪能した後で、反対側にも吸いついてきた。

「っ！　……っぁ、……ん、……ぁ……っ」

覚悟していたとはいえ、唇で与えられる独特の柔らかな刺激には、どう耐えていいのかわからない。一つ一つが明確な刺激ではないのに、身体の内側からじわじわと溶けていくような感覚に昂《たかぶ》らされていく。

乳首を吸いあげられた後は、舌の平らな部分を乳首に押しつけるように刺激された。その舌の弾力を受け止めている間にも、左の乳首を指で挟んでねじる刺激が混じるのだから、初めてのイザベラには刺激が多すぎる。

全身が甘く痺れてきた。

左右の乳首を指と唇でさんざんなぶられた後には、指を広げてたぷたぷと乳房を揉みこまれる。尖りきった乳首はその動きによっててのひらと擦れ、切ない疼きを呼び起こす。

「っん、……うう、……ん……っ」

さんざん胸を刺激した後で、男の身体はようやく下のほうへと移動していった。

イザベラはハッと息を吐き出したが、これからが本番だというのはわかっていた。だが、刺激されすぎた乳首は、ジンジンするほどの甘やかな刺激を宿し、下肢にも力が入らない。

引き締まったへそのあたりを舐められてもくすぐったいばかりだったが、さらに男の手はイザベラのブーツを脱がし、ストッキングを引き下ろして剥き出しの太腿の形の良さを称賛するようになぞってくる。

それから膝の裏をつかまれ、大きく足をM字に抱え上げるように開かれて、その格好に危機感が湧きあがった。

「……っ」

下着をつけているとはいっても、もともと足の付け根がのぞきそうなギリギリのフリルのスカート丈だ。容赦なく足を折り曲げられて、お尻まで浮くような恥ずかしい格好にされているのだが、これでは完全に下着まで見えてしまっているだろう。

「ちょ……、……待って、……あの、ね……っ」

男はイザベラの抗議を気にすることなく、太腿に頬ずりしてきた。

「すごくすべすべだな、ここ」

それから指を伸ばして、尻のほうから躊躇《ちゅうちょ》なく下着をめくられた。恥ずかしいところまで露出してしまったという事実に、イザベラは硬直した。

頼りない薄い布地はあっけなく太腿の途中までめくりあげられてしまったから、生まれてから誰にもしっかりと見られたことのない部分まで男の目の前に完全に暴かれていることだろう。しかも、その間に男の肩が挟みこまれたから、閉じられない。

「……っ」

驚きと羞恥に息を詰めたそのとき、男が足の間に顔を寄せてきた。内股に男の髪が触れる。

直後に、足の付け根まで移動した指先が、狭間をそっと広げる。秘められた部分が外気にさらされるのを感じて、身体がすくみあがった。

「……っ」

自分でもマジマジと眺めたことのない部分だ。そこは他人の目に、どんなふうに見えているのだろうか。押し開かれて、とろりとその割れ目から蜜があふれ出す感覚すら自分で感じ取って、恥ずかしさで死んでしまいそうだ。

「すごくピンク色で、……濡れてるな」

言葉にされたことで、やはりすごく濡れていることを知って、ますますいたたまれなさが増す。早く足を閉じたいのに、しっかりと膝裏まで抱えこまれているから、この姿から逃れられない。

「身体に触って、いっぱい気持ち良くして、濡れたところに入れればいい、って言っていただろ。濡れたところというのは、ここだな」

その言葉をなぞるつもりなのか、男はあふれた蜜をすくいあげるように亀裂で指を動かした。上下に指を動かしてたっぷりと蜜をからめた後で、その指が体内にゆっくりと入ってくる。

「っう！　あ、……やっ！」

いきなりそんなふうにされるとは思っていなかった。思いがけずしっかりとした太さのある指が体内に入っていくのに合わせて、押し出されるように声が漏れる。初めて自分の体内で感じ取る他人の指に、嫌悪感だけではないぞくぞくが広がっていく。

「あ、……や、……ダメ…っ」

拒みはしたものの、ひどく濡れていたためか、痛みはなかった。

男は指を容赦なく根元まで沈め、抜いていく。抜かれるときには入れられるときとは違う、ざわざわとした感覚が掻《か》き立てられた。

　だが、完全に抜かれることはなく、指は同じ位置まで戻された。ゆっくりしたリズムだが、繰り返されていると身体の奥底がむず痒《がゆ》くなるような奇妙な感覚が広がっていく。

「く、……っあ、……あ、あ……あ……っ」

　イザベラの身体は未熟で、また体内への直接の刺激には慣れていなかった。それでも指を動かされるにつれて、未知の感覚がじわじわと身体を侵食していく。

　中の刺激だけではなく、男は別の指で割れ目をなぞってきた。ぎこちなく指で蜜を塗り広げながら、自問する声が聞こえてくる。

「このあたりに、感じるところがあると聞いたが」

　それがどこのことを差すのかは、割れ目の上のほうをぐりっと無造作にえぐられたとき、イザベラは身体で思い知らされた。

「つう、ぁ！」

　痛みとは違う強烈な刺激に大きく身体がのけぞり、中に入ったままの指をぎゅっと締めつける。

　まだその力が抜けないでいるというのに、男は見つけたところを確認するかのように指の腹でぐりぐりとこね回すのだから、たまったものではない。

　イザベラはそのたびにエビのように反応しながら、息も絶え絶えに懇願せずにはいられなかった。

「つや！　……っだめ、……そこ、もっと、……やさ、……しく……っ」

途端に指から力が抜けた。

それでも、身体が痺れたままだ。

今、弄《いじ》られたのは陰核だと、前世の知識を持っているイザベラにはわかる。だが、自分でこわごわと触れるのとは違い、他人に触れられるとこれほどまでの強烈な快感をもたらすのだと、初めて知った。

陰核から指が離れて、中に入れた指をゆっくりと動かされた。

男が姿勢を変えた気配を感じ取って、イザベラの身体から少しだけ力が抜ける。

だが、男はその後でイザベラのそこに顔を近づけてきた。

「つぁ！　……んぁ、あ、……あ、あ、あ……っ」

熱くぬるつく舌で陰核をグリッと押しつぶされて、その強烈な快感にまた身体が跳ね上がる。

だが、指でされるのとは違って、強すぎる刺激ではない。柔らかく生々しい快感は指による暴力的な快感とは違っていて、恥ずかしいところを舐められているという事実も相まって頭が沸騰する。

ぞくぞくと、たまらない快感に全身が満ちる。身体の中心を指でうがたれているのも忘れて、イザベラは腰を浮かそうとした。

だが、敏感すぎる陰核を刺激されている最中だ。男の舌先で薄皮に包まれた敏感な部分を舐め回されているから、どうしても力が入らない。弾力のある舌は、優しく円を描くように動いては、イザベラの感覚をかき乱した。

「っぁ、……ン、……あ、……や、……んぁ、……あ……」

そこに顔があるということを、触れてくる生暖かい舌や呼吸から意識せざるを得ない。

陰核を舌で押しつぶしたり、舐められたりされるたびに、やるせなく身体が震え、すすりきれなかった唾液があふれてしまう。

ヒクヒクと襞《ひだ》が震えて、下肢では蜜がさらにあふれ出した。からみつく襞に逆らうように中にある指を動かされながら陰核をなぶられていると、下腹から広がる快感がすごすぎて何も考えられなくなる。

「っんぁ、……や、は……んぁ、……あ、あ……あ……っ」

「腰が揺れてる」

そんなふうに指摘する声すら、今のイザベラには遠く感じられた。

だんだんと下腹から痙攣《けいれん》が広がり、ガクガクと太腿が震えてきて、このままではイってしまうかもしれないと焦《あせ》る。

その感覚は一応は知っていたものの、あくまでもプライベートなものだ。名前も知らない男にイカされるなんて怖くてできそうもない。

だが、この刺激を続けられていれば、もうじき達しそうだと予測がついた。

「ダメ……っ、はな……して……っ」

必死になって懇願する。だが、男はますます淫らにイザベラの恥ずかしい部分をまんべんなく舐め回す。

亀裂を下から上まで舌先でなぞられ、ガクガクと足が痙攣してきたタイミングでじゅっと陰核を吸いあげられた。とどめを刺すように、くぷりと指を深い部分まで押しこまれて、下腹からの快感が一気に膨れ上がる。

「っぁあああ……っ！」

甘ったるい痺れが全身を包みこみ、どこかに放り出された。絶頂の快感に、頭がボーッとする。

少しずつその絶頂感は薄まってはいったが、全身から汗が湧きあがり、息がなかなか整わない。

まだ中のひくつきが収まっていないというのに、男は入れっぱなしだった指を動かしてくる。敏感なところを刺激されてまたぞわっと快感が広がり、イきそうになったイザベラは焦った。

「……っ！」

だが、何も言えないでいるうちに、ゾクッとした痺れを残して指は抜きとられた。中からどろりと蜜があふれ出す。イザベラは淫らに足を開きっぱなしにしたまま、しばらくは息を整えることしかできない。

イザベラを前にして、男が隙なく着こんでいた衣装を脱ぎ捨てていくのがわかった。黒地に銀の縁取《ふちど》りのある高価そうな長衣《ちょうい》が、部屋にあったソファに投げ出される。過剰なほどのフリルがついたシャツもその上に重ねられた。

さらにスラックスが引き下ろされ、男の引き締まった下半身が露わになっていく。

男は全ての衣服を性急に脱ぎ捨てた後で、イザベラに向き直った。足を再び抱えこまれ、猛々《たけだけ》しいものが濡れた部分にピタリと押し当てられる。

「……っ」

そんな状態になっても、イザベラは呆《ほう》けていて防御もできなかった。ぼんやりと、男が脱ぐのを見ていただけだ。

だが、男の息が乱れているうえに、ひどく興奮しているのが、押し当てられた性器の熱さから伝わってきた。自分だけではなく、男も余裕を失っていると知ったことで、イザベラは少しだけ現実感を取り戻した。

「入れても、……いいか」

低く押し殺した声で尋ねられ、イザベラはハッとした。どう答えようか悩んだ直後に、違和感に気づいた。

自分は金で買われた娼婦だ。好きなように扱われても、文句は言えないはずだ。

なのに、男がそんなふうに尋ねてくれたことで、少しだけ自分が尊重されたような気持ちになった。

——わたしは、……どうしたいの……？

今にも入れられそうな圧力を感じながらも、イザベラは浅い呼吸を繰り返す。

達したばかりで、身体中がひどく熱い。特に性器のあたりが濡れて疼いていた。

男の熱いものを受け入れたら、この身体の疼きは満たされるのかもしれない。逆に痛くて怖くて、逃げ出したくなるかもしれない。

押し当てられた男のものは、ひどく硬く獰猛《どうもう》だった。

尋ねられたことで自分にも拒否権があるような気がして、イザベラは切れ切れに息を吐き出して、拒んだ。

「ダメ……よ、……っこわい、……から」

「試してみないか。きっと気持ち良くなれるはずだ」

男は強引に突っこもうとはせず、上擦ったような声を漏らしながらも、くどくように唇に口づけてくる。

傲慢に見えていたのに、イザベラが承諾するまで待つつもりはあるようだ。

だが、入れれば良くなるなんて、彼の言葉をどこまで信じたらいいのだろう。

口づけを繰り返しながら、男は我慢できなくなってきたのか、張り詰めた先端をイザベラの濡れた部分に押し当てて、亀裂をなぞるように動かしてきた。

しっかりと穴の部分を狙ってはおらず、ただ上下に擦りつけるだけの動きだ。だが、それによって割れ目がこじ開けられ、先端が陰核を無造作に撫《な》であげる。

「ッン！」

そんな刺激を受けるたびに、イザベラはぞくぞくと震えて、息を呑《の》まずにはいられなかった。入れられないようにどうしても中にきゅっと力をこめてしまうのだが、そんな動きが襞《ひだ》に不規則な動きを伝えて、余計にぞくぞくしてきた。ずっと力を入れ続けるのも困難で、力が入ったり抜けたりする。

イザベラの顔面に、男の熱い視線が向けられているのもわかった。

「……すごく、いやらしい……顔をしている」

そんなことを言われても、どんな顔をしているのか、自覚をする余裕も返事をする余裕もない。

「ッン……っ、あ……、あ、……っあ。ダメよ、……とめて……、……うっかり、入っちゃう……から……っ」

刺激されることでイザベラのそこはますますぬるつき、男の動きがスムーズになっていく。

濡れた部分全体に蜜をまぶしつけるように動かされ、陰核を特に集中的に刺激されると、それだけでどうにかなりそうだった。

陰核ばかり刺激されるぐらいなら、いっそ中に入れられたほうがマシなような気もしてくる。

ボーッとしながら、かすかに足を開く。

だが、男はお許しが出るまでは入れないつもりらしい。

「まだダメか？　こんなになっているのに、怖い？」

「こわい、……わ……っ。……っあ、……んぁ、……あ、……あっ、……っあ」

濡れた部分にぬちょぬちょと男の硬いものが押しつけられる音がいやらしすぎて、セックスをしているような気分になる。顔も耳も真っ赤に染まっているが、自覚できた。

「ッン」

はぁはぁと漏れる息が制御できなくて、イザベラは朦朧《もうろう》としながら男を見上げる。

そんなイザベラの耳朶《じだ》に、甘ったるくねだるような声が吹きこまれた。

「いいだろ」

どうにかなりそうなぐらい、感じさせられていた。

なのに、イザベラの許可を得るまでは入れないでくれているのが愛《いと》おしく思えて、ついに熱い息を吐き出した。

「……いい……わよ。ちゃんと、……ゴムはしてね」

こんなにも感じさせられたことで、男に対する情のようなものが湧き始めていた。男がイザベラに対する仕草は甘くて、恋人として扱われているような錯覚さえ覚える。

こうなったからには、処女を喪失するのは運命かもしれないと思えてきた。ここで散らされなかったとしても、どうせ明日やあさっての客に散らされるのだ。

そのときにひどく痛くされるより、この男のほうがきっとマシだ。

「ゴムはする」

そんなふうに言って、男が熱いものを引いた。

しばらくして支度を調え、あらためて押し当てられる。

「息を吐け。それから、いっぱいに吸って。……吐いて」

そんなふうに誘導され、息を吐ききったタイミングで、男のものの先端に強く力がこもった。

「っ……！　あ……っぁあああ……っ」

濡れきった襞をかき分けて、男のものが入ってくる。ひどく硬くて熱い棒が、自分の体内に無理やり押しこまれてくるのを鮮明に感じ取る。最初のうちは襞が引きつる感覚と圧迫感ぐらいですんだのだが、途中でそれ以上は進めなくなる。それでも強引に押しこもうと男が打ちこんだ瞬間、痛みが広がった。

「っぁ！」

悲鳴のような声を漏らし、イザベラは硬直した。それを感じ取ったのか、男が腰の動きを止めて、慌てたようにイザベラの髪を撫でた。

「痛むか」

「……っ、動か……ない……で……っ、抜くのも、……ダメ……」

声を出しただけでも、ビリビリと中の粘膜に響く。なかなか薄れない痛みに涙があふれ、こんなふうに男を受け入れたことを後悔した。

ゆっくりと呼吸を繰り返し、痛みが去るのをひたすら待つしかない。じっとしながら、速くなった男の鼓動や、乱れた息づかい。その逞《たくま》しくて、女性のものとは違う身体つきを全身で感じていた。

身体にこもっていた力が抜けていくにつれて、ジンジンと痛んでいた襞の痛みが少しずつ和らいでいく。

だが、じわじわと涙がにじんで、このままどうしたらいいのかわからない。

そんなイザベラの髪を男は何度も優しく撫で、唇にキスを繰り返してくれる。できるだけ腰を動かさないようにしてくれる。

痛みを与えている張本人だというのに、そんな思いやりがありがたくて、さらに涙があふれた。

「そんなにも、痛むか?」

聞かれて、イザベラはうなずくこともできない。

「……いたい……わ」

痛みは熱を持って疼くような感覚に、少しずつ変化しつつあった。それでも充溢《じゅういつ》感がすごくて、さらに押しこまれるのも、抜かれるのも無理だ。

「そうか」

男はイザベラの答えに苛立ちをにじませるようなことはなく、さらにイサベラの頬や髪を撫で、愛おしそうにキスを続けた。

「おまえの中は、ひどく熱いな。気持ちがいい。……だけど、つらいのなら、無理はしない」

半ば突き刺さったものからできるだけ痛みを感じ取らないように、イザベラは力を抜いていた。そんな状態でのキスだから、あっさりと歯列を割られ、舌を舌にからめとられてしまう。

「ッン、……っん、……っん……」

舌がからむたびに、甘ったるい痺れが下肢までぞくぞくと伝わった。下手に力が入っていないからか、キスはやたらと気持ちがいい。

キスに夢中になっているうちに、身体からますます力が抜けていったらしい。

それを感じ取ったのか、男が軽く腰を引いた。

「っんぁ！」

さきほどまでは痛みしか感じなかったはずなのに、そこから広がったのは痛みを上回る甘ったるさだった。

そのことに驚いて、イザベラは声を漏らす。身体が拒絶に強ばっていないのを感じ取ったのか、男が確かめるように抜いたものをそっと元の位置まで押しこんでくる。

力が抜けたままなのを読み取って、またゆっくりと男は動いた。

今度はとまらなかった。まだ浅いところしか刺激していないのだと思い知らせるような短い動きが最初は続き、それが少しずつ深さを増していく。イザベラの奥のほうまで、だんだんと入りこんでくるのがわかる。

「ッン、……っん、……ん、ん……っ」

どうしても痛みがあったが、イザベラの声にはそれ以上の快感があることを知らせる艶《つや》が混じっていたのかもしれない。

痛みに混じって広がる快感に、イサベラはすがるしかない。

男から『中が気持ちいい』と言われたことが、頭に残っていた。

ほんの一言なのに、嬉《うれ》しかった。この男を気持ち良くしてあげたい。こうやって我慢することで、かなうのならば。

男の熱い先端が自分の体内を押し開き、抜かれてはまた入りこんでくる。そろそろとした動きだ。男は極力、イザベラに痛みを与えたくないらしい。

「ん、……っあ、……んぁ、……あ、あ……っ」

だんだんと抜き差しの幅を広げた男のものは、ついに根元まで収まった。ズン、と一番深いところまで沈めると、いったん男は動きを止める。

その下で浅く呼吸を繰り返していたイザベラに、ご褒美のように鼻のてっぺんにキスをした。

「全部、入ったな」

「……みた……いね」

イザベラはいっぱいいっぱいだ。

密着した粘膜から、自分の体内を限界まで押し広げている男のものの形や大きさをリアルに感じ取る。

自分の中に他人の一部をくわえこむなんて初めてだ。粘膜越しに伝わる熱が、じわじわと快感を広げていく。熱に灼《や》かれて、粘膜がひどく疼いた。こんなふうに、中で感じるなんて知らなかった。

受け入れるだけでやっとだというのに、その部分をもっと刺激して欲しいような欲望が広がっていく。

軽く腰が動き、中が蠢《うごめ》いたことで、そんなイザベラの願いが伝わったのかもしれない。

男がおねだりしてきた。

「動いても？」

低いかすれた声は艶っぽくて、耳に心地良く響く。男が享受している快感が、声にもにじんでいた。より喜ばせたくなる。

この男は自分を金で買っただけでしかないというのに、それでも情のようなものが湧くのが不思議だった。快感を与えられたからだろうか。

「いい……わ……よ……っ。だけど、……ゆっくり……」

「わかった」

うなずいて、気遣うように男が動き始める。やんわりとした動きではあったが、それでもイザベラにとっては慣れないところへの刺激が全身に強く響く。

動きに合わせて自分の口から声が漏れるのを聞きながら、イザベラはぼんやりと考えていた。

――婚約者……と、……いつか、こういうことを、するのかもしれないって、……思ってたけど。

この国の王太子、サミュエル・フィリップ・ジョージ・エジャーバード殿下。生まれながらの王族であり、傲慢で身勝手な振る舞いばかり目についた相手だ。

いわゆる俺様キャラで、そのプライドを満足させるように攻略しなければならない。正しい選択肢はわかっていたはずなのに、どうしてもうまくいかなかった。アンジェラに奪われた。

「あっん、……ん、ん、ん……っ」

どうしてこんなとき、サミュエルのことを考えるのだろう。男の顔が見えないことで、身近だった相手のことを無意識に考えてしまうのか。

それとも、どこかこの男が、サミュエルに似ているからだろうか。

――身体つきとか、年齢とか、確かに似てるわ。

だが、考え続けることはできなかった。身体が男の大きさに慣れてきたのか、中の動きが少しずつ大きくなっていったからだ。

先端から根元まで入れられるたびに、張り出したその切っ先に襞が押し開かれて、たまらない悦楽が呼び起こされる。

「っんぁ、……っはぁ、……ん……っ」

男のほうは自分の下になって押しつぶされたり揺れたりしているイザベラの乳房が気になるのか、またそこに指を伸ばしてきた。

てのひらで包みこんで乳首を唇で舐めあげられ、さらには乳首を転がしたり、てのひらで刺激させられる。

感じやすい乳首から伝わってくる甘さが、襞からの快感を底上げするようだった。

「んっ、……ん、……ん……」

だんだんと速くなっていく男の腰の動きが、浅くなったり深くなったりを繰り返す。

襞から余計な力が抜け、一気に入れられても痛みや引っかかりは感じられなくなっていた。

そんなふうに中がとろとろに溶けたのを知って、いきなり深い部分を集中的にえぐられると、息が詰まるほどの悦楽が広がった。

「ん、……あっ、……あっ、……はぁ、んぁ、……あ、あ……っ」

自分の身体がこれほどまでに快楽を紡ぐなんて、知らなかった。動きのたびに流しこまれてくる快感はたまらなく甘く、やみつきになりそうな麻薬感すらある。

だけど、おそらくこれは、初めての客が良かったからだ。誰彼かまわず身体を売ることになったら、この行為は苦痛でしかないに違いない。

　今でもたまにピリリと走る痛みをやり過ごすために、刹那の快感をより感じ取ろうと感覚が研ぎすまされていく。

　男の腰は疲れを知らない逞しさで、イサベラの中をうがち続けた。

　熱くて硬い男のものが濡れた襞の奥へと叩《たた》きこまれるたびに、快感に身体がぞくりと痺れた。それが襞をからみつけながら抜けていくのも気持ち良すぎて、声がただ漏れになってしまう。

「っん、……あ、……ダメ、……ん、……ん、ん……」

　無意識にそうつぶやいたのは、身体がまたどこか高いところに押し上げられていくのを感じたからだ。

　初めてなのに、こんなふうにイクとは思わなかった。

　だけど、それほどまでに中をうがたれる感覚はイザベラにとって刺激的で、圧倒的だった。

　動きに合わせて男が乳首をやたらと弄るものだから、不慣れなイザベラでも快感を増幅することができたのだろうか。

「……ん……っ」

　セックスは非日常すぎて、頭がボーッとしたままだ。

　こんな名前も知らない男に買われて、初めてを奪われるのは、悲しくてつらい。なのに、それを上回るほどの快感があった。

初めての相手がこの男でよかったと、イザベラは思うしかない。感じすぎているためか、それとも今の自分の境遇が悲しいのか、じわじわと涙があふれて、目の際《きわ》から流れ落ちた。

その涙の意味は自分でもわからなかったけれど、男は優しくキスで舐めとってくれる。

揺さぶられているうちに、イザベラの手は男の肩に回った。膝も男の足にからめると、若々しい筋肉が逞しく躍動《やくどう》しているのが、鮮明に伝わってきた。

「ツン、……っあ、……んぁ、……あ、あ……」

男もイこうとしているのか、動きが一定のリズムへと変わる。

それはイザベラが次にイクために必要な快感を積み上げることにもなった。絶頂に向けて、どんどん押し上げられていく。

「っん、……ぁ、……あ、あ、あ、あ……っ！」

ついにぐっと腰が浮くような強烈な快感が走り、大きく身体がのけぞった。びくびくっと身体が跳ね上がり、ぎゅうぎゅうと男のものを締めつける。

その身体を強く抱きしめて、男が軽く息を詰めたのがわかった。

「ッ」

ゴム越しだから出したのはわからないはずだが、男の性器が中で脈動《みゃくどう》したのは感じ取れたような気がする。

何かをやり遂げたような感覚と同時に、じわじわと快感が肉を溶かし、全身に脱力感が広がっていく。
しばらくは、まともに声を漏らすことすら不可能だった。

第三章

――何だか、すごかったわ……。

翌日、イザベラは自分が自分ではないようなボーッとした感覚の中で過ごした。

抱かれたことで、世界が変わったような衝撃がある。だけど、そんなのは単にイザベラの錯覚であって、世界は何ら変わってはいないはずだ。

イザベラを抱いた後で、男は部屋に運ばれてきたたらいで軽く身体を拭き、そのまま帰っていった。

イザベラは昼過ぎになってようやく起きて、どうにか身支度を調えて食堂に来ている。

男は部屋を去るときに、また来ると言い残していったが、本当だろうか。

――また、……来てくれると嬉しいんだけど。

約束のように残されたキスの甘さを、イザベラは思い起こすように唇を指でなぞる。

身体が抱かれた痕跡を残し、半日も経つのに中に何かが入っているような感覚があった。濡れた感覚が消えず、かすかに痛みが残っているというのに、それ以上の疼きがずっとつきまとっている。

ろくに食べないまま食堂から部屋に戻り、シャルロッテに教わった通りに部屋を掃除し、シーツを新しいものに替えた。

それ以外に有意義なことはできていないというのに、また夜がやってくる。

昨夜の初体験からまだ目が覚めていないような状態で着替えもしていなかったイザベラは、廊下ですれ違ったジェームズに、早く支度をして店に出ろ、と言われる。そのことで、不意に現実に引き戻された。

——そっか。今日も、売られるんだ……。

ここは高級娼館だから、一晩に客を取るのは一人か二人ぐらいでいいと聞いてはいた。

昨夜、客が一人ですんだのは、あの男が一晩貸し切りにしてくれたからだろうか。それとも、初めてということで、ジェームズが多少は加減してくれたのか。

今日はどういうことになるのだろうか。

一張羅《いっちょうら》の、太腿も露わなコルセット風仕事着に着替えると、何だかいたたまれなくなってくる。服が薄っぺらいと、何だか心細い。それでも気力を振り絞って、イザベラは階下に降りた。

——あの人、また来るって言ってくれたから。

昨日は小部屋に入れられたが、それは初顔見せ用の特別なケースらしい。今日から大部屋だとジェームズに言われて、イザベラはそこに向かった。

待合《まちあい》も兼ねた大部屋は、貴族の応接間のようなしつらえで、娼婦はそれぞれの椅子に座り、お茶を飲みながら客がつくのを待つ。

客はその応接間を回遊しながら、気になった娼婦に声をかけ、付き従ってきたジェームズやスタッフに声をかけて、商談を成立させる仕組みのようだ。

開店前だから客の姿はまだない中で、イザベラは部屋の隅《すみ》の椅子に腰掛けた。

さすがは高級娼館だけあって、それぞれの椅子に陣取る娼婦は個性的な美人揃いだ。服装はまちまちで、イザベラのように肌を見せつけるボンテージスタイルの色っぽいタイプもいたし、楚々《そそ》としたドレス姿の貴婦人タイプもいる。

そんな中で、イザベラは落ち着かない。

昨日の客はまた来ると言い残していったが、「また」というのは今日のことだろうか。数日後のことなのか。

それをちゃんと確かめておかなかったことを、嫌というほど後悔していた。

今日も売られるというのなら、昨日の客がいい。だけど、彼の名前も知らない。

そわそわとして見えたのか、イザベラの近くの椅子に座っていた貫禄《かんろく》のある美人娼婦が話しかけてきた。

「あんた、昨日、初めて店に出たんだってね。まだ初物の衣装だけど、昨日の客には服をねだらなかったの?」

ハスキーな声で尋ねられて、イザベラは固まった。

「ねだるんですか?」

「そうよ。客は生かさず殺さず搾り取る。自由になるお金なんて、客からしか入らないんだから」

「え?」

彼女から教えてもらったところによると、ここにいると食事などは支給されるが、その他にかかる経費――ドレスや化粧品や生活必需品代などの支給はなく、客にねだって買ってもらったり、チップをもらったりする形でまかなうそうだ。

「……へえ……」

昨日、男は何も置いていかなかった。ここは初めてだと言っていたから、彼も知らなかったのだろう。

これからは何かと客にたからなければ、不自由な暮らしになるのかもしれない。だが、まともに男に頼ったことがない自分が、果たして上手におねだりできるのだろうか。

――だってわたしは、……婚約破棄された身よ?

前世とは比べものにならない美貌に、伯爵令嬢という最高のステータスでゲームが始まったというのに、サミュエルの愛を勝ち取ることができず、バッドエンドで終わった。

一応はイザベラも、サミュエルとうまくやろうと頑張った時期もあったのだ。

初めて出会った舞踏会の席で、イザベラの前に進み出たサミュエルはとてもハンサムで、キラキラして見えた。

ダンスに誘ってくれたときの高揚感が蘇る。大勢の人が、今日の社交界デビューの華であるイザベラとサミュエルを見ていた。そんなイザベラを誘導してくれるサミュエルの手の感触に、のぼせ上がって卒倒しそうだった。

——本当に素敵だったの、サミュエルは。さすがは、メイン攻略キャラって感じ。

金色のゴージャスな髪に、非のつけどころがない、完璧に整った美貌。ひどく傲慢そうだったが、王太子だからその性格づけにも納得できる。背は高く、イザベラとの身長差もちょうどよくて、ダンスが上手だった。

初顔合わせの舞踏会の後、サミュエルとの婚約が正式に決まった、という知らせを父の伯爵から受けた。ゲームの初期設定として、自分が『サミュエルの婚約者』であることはわかっていたはずなのに、嬉しくて天国に登るような気分になった。

——だけど、……うまくいかなかったのよね。

メイン攻略対象である王太子が、正ヒロインであるアンジェラと出会うのは、それから三年後の十八歳のことだ。王立学園の三年生の中途からアンジェラが編入してきて、それからの半年間がゲーム期間となる。

だから、それまでにサミュエルと揺るぎのない絆《きずな》を結んでおけば、アンジェラに横取りされずに済むのではないだろうか。そんなふうに思って、頑張ろうとしたのだ。

――だけどほら、モテない女の考えるデートプランって、うまくいかないものだからね。

頑張って設定したデートには遅れて、サミュエルは怒って出かけてしまうし、傲慢俺様キャラは褒めていい気持ちにさせなければならない、とわかっていたくせに、歯の浮くようなお世辞も言えない。

何よりサミュエルは、ひどくまばゆくてキラキラしていた。イザベラはモテない女という前世の記憶を取り戻したばかりだったから、そのまばゆさにあたられて、なかなか正視できないほどだった。そもそも陰キャだった自分が、陽キャと合うはずもない。

こんな自分といても楽しくないだろうという配慮から、イザベラのほうからだんだんとサミュエルに誘いをかけられなくなり、久しぶりに会ったときにはよそよそしくされて、ますますどう振る舞えばいいのかわからなくなった。それからはどうしても婚約者として一緒にいなければならないときだけ同席することとなり、それ以外は生徒会の仕事のときしか顔も合わせなくなった。

そんなイザベラの遠慮の塊のような態度は、サミュエルからは「高慢」と思われていたのだと、後になって知った。

――『高慢』じゃないわ、本当に。緊張していただけだし、仲良くなるきっかけがつかめなかっただけなの。

傲慢で俺様タイプのサミュエルが何を求めているのか、本当はわかっていたのだ。

賢い弟に対してコンプレックスを抱いていると知ったから、サミュエルの情緒を落ち着かせてあげるために、話を素直に聞いてあげて、すごいね、と感心してあげればいい。とにかく承認欲求が強いタイプだから、それをまず満足させてあげるのが不可欠だと理解してはいた。

だけど、イザベラはその通りに振る舞えなかった。話をじっくり聞こうとしても、邪魔が入る。話が何かと噛《か》み合わない。それも、ゲームを支配する見えざる神の意志に邪魔されていたのだろうか。

思う通りにならないことばかりが続いて投げやりになり、結果としてサミュエルを避けることしかできなかった。

ぼんやりと過去のことを思い出している間にも、開店時間となったようだ。イサベラは近づいてくる人の気配に気づいて、顔を上げた
目に飛びこんできたのは、マスクをつけた昨日の客だ。

「……あら」

どくんと、鼓動が大きく鳴り響いた。

服は着替えていたが、顔を同じマスクで隠している。

彼はイザベラの前で立ち止まり、からかうように言ってきた。

「俺に会えて嬉しかったか」

そんなふうに聞かれたのは、彼の姿を見た途端、イザベラが目を輝かせたからだろう。

そこまで、一目瞭然な反応をしてしまったのが恥ずかしい。失敗を恥じるように、イザベラは素っ気なく顔を背けた。

「そんなはずないでしょ。あなたこそ、どうなのよ？　わたしが忘れられなくて来たの？」

「また来ると言っただろ。しかも、昨日、帰る間際に、今日もここに来ないと、おまえに他の客を取らせると、店の者に脅された」

彼の後ろに、ジェームズが揉《も》み手のように手を組み合わせながら、真顔で立っている。他にもスタッフは何人かいたが、ジェームズが付き添っているからには、この男はやはり上客なのだろう。

ジェームズに彼との会話を聞かれたくなかったので、軽くうなずきかけて去ってもらう。彼に隣に座ってもらってから、イザベラは返事をした。

「あなたがここに来たのは、わたしに他に客を取らせたくなかったからなの？」

自分が抱いた生娘に、他の男によって病気や穢《けが》れをつけさせたくない、という潔癖めいた感覚からだろうか。それとも、独占欲か。

彼の言葉がじんわりと胸に染みる。イザベラが彼に訪ねてきて欲しいと思ったように、この男もイザベラにまた会いたいと思ってくれたのが嬉しい。

男は肘と肘とがつきそうな距離から尋ねてきた。

「身体は、……つらくないか？」

前回、破瓜《はか》の血が流れていたことを見られていたのだろうか。

思わず、イザベラは苦笑した。

「つらくした張本人のくせに？」

男性としゃべることはまだ慣れないが、彼とは話しやすい。ゲームの世界にいたときとは違い、自分が思ったことがそのまま言葉になるのも楽だ。

ここで肩肘張ってもつらくなるだけだとわかっていたから、ここは正直に伝えることにした。すでに自分は伯爵令嬢ではないし、守るべきものも存在していないのだ。

「つらいわよ。今日もされたら、たぶんつらい」

男はセックスに関して、とてもナイーブだとも聞いていた。

イザベラとしては、挿入されたときにどんなに身体がつらくても、頑張って我慢するつもりではいた。それでも痛いという反応を見せたときには、こういう事情だと理解して欲しい。

そんな気持ちからだったのだが、男はその言葉に動きを止め、笑って立ち上がった。

「だったら、今日はしないで、この色町の中を楽しむか」

「……しないでいいの？」

手首を引かれて出口に向かいながら、イザベラは戸惑う。ここは高級娼館だから、少なからぬ金を男は支払っているはずだ。なのに、その代償を求めないのだろうか。

男はイザベラの手首を握り直しながら、入り口付近にいたジェームズにうなずきかけた。

それだけで許可は得られたらしく、何事もなく娼館の外に出る。大門から娼婦は出られないが、色町の内部をうろつくのは自由なのだろうか。

「痛いのなら、今日はしないでいい。代わりに、この色町の中を探索しよう。まだ俺はここにくるのが二回目で、どこに何があるのかわからない。しかし、何だか楽しそうだ」

好奇心たっぷりの言葉に、彼の若さが際立った。顔こそ見えなかったが、肌や髪の艶や身体つきから、彼の若さはいつでも伝わってくる。

「いいわ。……だけど、最初に聞かせて。名前は？」

「……ウィリアム」

短く告げられた名が、本名なのか偽名なのかわからない。マスクをしているぐらいだから、正直に本名を名乗るはずがない。それでも、最初のときには名乗る必要はないと拒まれていただけに、偽名でもいいから名乗ってくれたのは嬉しい。

娼館の出入り口のあたりから、イザベラは周囲を見回した。

昼間に少しだけ外出してはいたが、夜の風景はまるで違っていた。娼館の前を通る道の両側に、建物が連なっている。ガス灯が灯《とも》り、周囲にたちこめた霧が風景に幻想的なニュアンスを与えていた。

建ち並ぶ館《やかた》の窓からあかりが漏れている。

深窓の令嬢だったから、イザベラは今まで夜間に外出したことはほとんどなかった。ガス灯に照らし出される人々の姿は、輪郭のしっかりとしない煙るような影だ。

ウィリアムとはぐれないために手をつないで、道に沿って歩いていく。イザベラのいた『ゴールド・ディストリクト』は貴族の館そのもののしつらえだったが、最新の材料である鉄やコンクリートやガラスなどの建材が目立つ建物もあった。

そんな中で突き当たりまで歩いていくと、ぽつんと一軒、目につく店があった。ガラス張りで、ランプの光が窓から漏れている。

その光が誘蛾灯《ゆうがとう》のような役割を果たすのか、寄ってみたくなってイザベラはウィリアムを誘った。

「あそこ。行ってみない？」

「……ああ」

近づくと見えてきたのは、こぢんまりとしたティールームだ。イザベラの感覚ではレトロでクラシカルな木とガラスの内装なのだが、この世界では最先端の作りのはずだ。

ドアの前に立つと、紅茶とバターの甘い匂いがふわりと漂う。中に入ろうとしたときに、イザベラはふと大切なことに気づいた。

「あら。わたし、お金がない……」

伯爵令嬢として振る舞っていたときには、直接、現金を使う機会はなかった。伯爵家には商人のほうから来たし、学友とウィンドショッピングを楽しむときも侍女が付き従い、支払いは彼女がしてくれた。

だが、今の自分は文無しだ。

立ちすくんだイザベラの肩を、男が軽く抱くようにして中に誘導した。

「払うために、俺がいるんだろ」

「よろしくね」

甘く微笑《ほほえ》んでみたが、他人に金を払ってもらうことに慣れないから、表情は引きつっていたことだろう。

店のショーウィンドには、結婚式のような大きなケーキやビスケット缶、チョコレートボックスやマッチやポスターがうやうやしく飾られていた。

店内に入り、エプロン姿のウェイトレスから紙のメニュー票を受け取る。何を食べようか、吟味するのが楽しい。意見を聞こうとウィリアムに視線を向けたが、彼は軽く頬杖《ほおづえ》をついて、窓に視線を向けていた。今夜は霧が深いから、ほとんど何も見えないはずだ。

「何か、食べたいものある？」

「お茶だけでいい」

「……わたしは甘いものを食べたいわ」

漂《ただよ》うバターの匂いに誘惑される。甘いものは別腹だ。

せっかくだから、おいしいものを食べたい。そう思いながらメニュー票を眺めていると、アフタヌーンティセットが目についた。一日中、うわの空であまり食べていなかったから、お腹《なか》が減っていることにふと気づく。

このセットなら、いろいろな種類のものが食べられる。そう思って、イザベラはチラリとウィリアムを見た。

「アフタヌーンティセット。頼みたいんだけど、二人分からなのよね」

ウィリアムは答えない。だから、イザベラはさらに押してみた。

「頼んでいいかな？　あなたも食べるでしょ。食べてみるのは、やぶさかではないわよね？」

ウィリアムは何も言わなかったが、積極的に否定しないのは了解ということだと解釈して、イザベラはそれを注文した。

お茶を飲みながら待っていると、しばらくして出されたのは、前世の高級な喫茶店で見られるような、典型的なアフタヌーンティセットだ。お皿が三段重ねになっていて、それぞれに色とりどりのケーキやサンドイッチが盛りつけてある。そのたっぷりとした量と豪華さに、イザベラはうっとりした。

「素敵」

ジャムとクロテッドクリームがたっぷり添えられたスコーンに、ショートブレッド。フェアリーケーキもある。フェアリーケーキはスポンジの真ん中をくりぬいてクリームやジャムを詰め、スポンジをトッピングして、妖精の羽のように飾ったものだ。

フルーツケーキに、ドライフルーツや煮詰めたリンゴ。洋酒やスパイスで香りをつけたミンスパイ。最下段には、お決まりのキューリのサンドイッチ。

さらには、別添えでトライフルまで出てきた。

「あら」

トライフルがついているとは思わなかったが、その嬉しさにイザベラはにっこりとする。

トライフルとは、このアングルテール風のパフェだ。ベースはスポンジケーキで、上にフルーツゼリーやカスタード、ホイップクリームが層になって盛りつけられる。

てっぺんにはアイスクリームが載せられ、チェリーとチョコレートがトッピングされていた。

アフタヌーンティセットを前にしても特に興味を示さなかったウィリアムの前に、イザベラは二つ出てきたトライフルの一つを押しやった。

「食べて。溶けないうちに」

ウキウキしながら、イザベラはスプーンですくって口に運ぶ。濃厚なバターやクリームを使っているから、とてもおいしい。バターなどは工業生産がされつつある傍らで、少しでも田舎に行ったら、各家庭で樽《たる》を揺らして手作業で作られている。

そんな原材料を贅沢《ぜいたく》に使用したスイーツなのだ。

「ん。……たまんないわね」

特に生クリームのとろりとした舌触りと、バニラアイスのおいしさが素晴らしい。打ち震えているイザベラをよそに、ウィリアムがどうでもよさそうにトライフルにスプーンを突き立て、口に運んだのが見えた。だが、その直後に、息を呑んだのがわかる。

——あれ？

口に合わなかったのかと思ったが、どうやらそうではないらしい。イザベラのほうからはマスクが邪魔をして、しっかりと観察できるのは口元だけなのだが、固まったまま何やら感動している様子が伝わってくる。

ウィリアムがその全身から発散している輝きも、一段と増したような気がした。

「おいしいのよね？」

確認してみたのだが、返事はない。

だが、ウィリアムのスプーンが再び動いた。前回よりも大きくバニラアイスをすくい取り、口に運ぶ。それをじっと見ていると、ウィリアムはさらにスポンジケーキとカスタードクリームとホイップクリームがいい感じに混じりあっている部分をすくって、口に運んだ。

その後は、もくもくとパフェの層を攻略し、底のほうまで一気に食べ進めていく。あっという間に食べ終わったウィリアムは、深いため息を漏らした。

それから、感動ひとしお、と言った様子で言ってくる。

「……おいしいな」

「でしょ？」

イザベラは嬉しくなった。

ウィリアムの反応に気を取られていたから、イザベラはまだ最初の一口しか食べていない。少しだけ溶けたアイスクリームを口に運ぶと、スポンジケーキと混じってとてもおいしい。

王立学園では頻繁にティパーティが開かれていたが、淑女のみのケースがほとんどだった。男性は滅多に招待されない。

もしかしたら、ウィリアムはあまり甘いものを食べたことがないのだろうか。

――甘いものが好きなのは男らしくないから、避けてたってこと？

学園内では、確かにそんな風潮があったような気がする。

だけど、自由に生きることにしたイザベラにとっては、ウィリアムが正直に感想を漏らしてくれたのが嬉しい。

「トライフル、おいしいでしょ？　今まで、食べたことはないの？」

「ああ。そのようなものは、女子供が食べると思っていた」

「まだあなたも子供でしょ」

クスクスとイザベラは笑う。

ウィリアムはおそらく自分とさして違わない年だと判断がついていた。背伸びしているようなのが可愛い。

「こっちもおいしいのよ。甘いのもあるわ。いっぱい、食べていいから」

まだまだ手つかずのティーセットを指し示す。いざとなったら一人で食べるつもりでいたが、さすがに量が多すぎる。ウィリアムにもたくさん食べて欲しい。

「いや、もう、甘いものは結構だ」

そんなふうに言いながらも、ウィリアムの目がさりげなくそれらに盛られたスイーツに向けられているような気がしてならない。

イザベラはずっと、淑女らしい振る舞いを強要されてきた。ウィリアムにもことさら紳士らしき振る舞いが押しつけられていたのかもしれない。そう思うと、縛りを打ち破ってやりたくなる。

「正直に、食べたいときには食べていいのよ。見てるのは、わたしだけなんだから」

くすくすと笑いながら、そそのかしてみる。

すると、ウィリアムは手を伸ばしてスコーンを手にした。それを見て、イザベラは言ってみる。

「このクロテッドクリームとジャムを、いやって言うほどこてんこてんに盛って食べると、さいっこうにおいしいわよ！」

のんびりと一口一口、トライフルのおいしさを味わいながら食べ進んでいると、ウィリアムはイザベラがそそのかした通りに、二つに割ったスコーンの断面にたっぷりとクロテッドクリ

ームとジャムを盛っていくのが見えた。

だが、そうした後でイザベラの分が残っていないことに気づいて固まったように見えたので、言ってみる。

「大丈夫よ。わたしの分は、追加してもらうから」

すると、ウィリアムは安心したようにスコーンにかぶりついた。大口を開けてクロテッドクリーム山盛りのスコーンを咀嚼《そしやく》しながら、感動したようにため息を漏らす。

仮面をつけているから、彼の反応はわかりにくくはある。それでも、その全身から伝わるものがあった。

「おいしいでしょ?」

「……ああ。今までスコーンは、パサパサしているから、あまり好きではなかった」

「見栄《みえ》張らずに、たっぷりと甘いものつけたらいいのよ。どんどん食べて。このフェアリーケーキは、ホイップクリームたっぷりだし」

「ああ」

この国での食事は、正直あまりおいしくはない。パサパサのパンに、パサパサの肉。味気のない、煮ただけの野菜。だけど、紅茶とそれと合わせて食べるお菓子はとてもおいしい。

目の前で伸びやかな身体つきをした若い男が、幸せそうにスイーツを食べているのを見るのはいい光景だった。

目の保養だと思いながら、イザベラもマイペースで食べていく。娼館に売られたはずなのに、こんな穏やかな時間が持てるなんて思わなかった。

「ウィリアム。また、おいしいものを食べに来ようね」

思わず、言っていた。

社会的な身分や役割に、今までガチガチに縛られて生きてきた。

——だけど、ゲームがバッドで終わったからには、そういうのは止《や》めたの。

自分だけでなく、ウィリアムにも自由になって欲しい。せめて自分の前では、楽に過ごしてもらいたい。そんなふうに願っていた。

二人でお腹いっぱいになるまでスイーツを食べ、たっぷり紅茶も飲む。まだ互いのことをろくに知らず、ウィリアムの本名やプライベートなどまるでわからない。

それでも、一度肌を合わせた気安さがあるのか、ぼんやりと二人で顔を合わせて、紅茶を飲んでいるだけで穏やかな時間が持てた。

店を出たときには、通りにはさらに人が増えていた。

腹ごなしも兼ねて、二人ではぐれないように手をつなぎ、色町の中をそぞろ歩く。四十七軒の娼館の一軒一軒を眺めながら歩いていると、小さな露天が集まった通りにたどり着いた。

軒先にはずらりと古着が並べられていた。イザベラが仕事用に持っているのは、今、身につけているこの一着だけだ。

他の衣装を客に買ってもらえと、先輩の娼婦に言われたことを思い出した。

どんなものがあるのかと、イザベラは軒下《のきした》を見上げた。

「あなたが、こんな肌も露《あら》わな娼婦の格好をした女と出歩くのが恥ずかしいっていうのなら、何か買ってくれてもいいのよ？」

かつてさんざん豪華なドレスを身につけてきた。小さなダイヤが無数にキラキラと輝いているようなドレスは最高に綺麗だったが、重くて着心地があまり良くなかった。だから、ドレスに対する執着はない。

それでも、着替えぐらいはあってもいい。

ウィリアムも露天の軒下を見上げながら、言ってきた。

「服というのは、こういうところで買えるのか？」

やはりウィリアムも、伯爵令嬢だったイザベラと同じように、家に仕立て人がやってくる類《たぐい》の人間らしい。

「古着とか、安いものはね。何か、わたしに着て欲しいものがあったら、買ってくれていいんだけど」

せっかくのお得意様だから、ウィリアムの好みも知っておきたい。

ウィリアムは店頭に並んだ服を、興味深そうに眺め始めた。

商売っ気を出した商人に目をつけられたウィリアムが、セクシーなドレスを薦められ始めたのをくすくす笑って眺めてから、イザベラは他にも並べられている品を見ていく。

娼婦が日常を送るのに必要な品も、いろいろ並べてあった。

イザベラは何も持っていなかったから、石けんやタオルまでシャルロッテに借りていた。あの小さな可愛い子に負担をかけたくないから、そろそろ自分で買いそろえておきたい。

そんなふうに思いながらウィリアムのところに戻ると、少し照れくさそうな様子で、二着選んだドレスを見せてくれた。

「どうだ？　こういうのは。似合うと思うが」

黒のレースが目立つ扇情的な品ではあったが、なかなか良いかもしれない。

「こういうのが好きなんだ？」

からかうように言ってみると、ウィリアムは口をグッと食いしばった。

だけど、ぼそっと漏らしてくれる。

「これを着た姿が見たい」

欲望がひそんだようなつぶやきにドキドキしたし、ウィリアムの夢をかなえてやりたくなった。

自分とサイズが合うのを確認してから、イザベラは持っていた石けんとタオルなどをおずおずと見せてみる。

「これも、……買ってくれないかしら？」

「ああ」

ウィリアムはあっさりとうなずいた。これも、と露天の店主に伝えてから、小さく漏らす。

「……哀れだな」

その言葉が、イザベラの胸にズキリと突き刺さった。

この世界に伯爵令嬢として生まれて、哀れまれたことはなかったはずだ。高嶺の花であり、王立学園内では羨望の対象だった。

だが、今の自分は、哀れむべき対象なのだろうか。

身を売る状況になったのは悲しいことだったが、伯爵家に庇護《ひご》されているだけだったときとは違って、自力で生き抜こうとしている自分を哀れだとは思いたくはなかった。

そんなふうに、開き直れる自分に驚きもする。だが、強くなるしかない。

ウィリアムが高額な金貨を差し出したせいで、店主がおつりに苦労しているのを見ながら、イザベラはウィリアムの肩をつかんでこちらに振り向かせた。それから、顔面に浴びせかける。

「別に、哀れむぐらいなら、買ってくれなくてもいいわよ」

怒気を孕《はら》んだ言葉に、ウィリアムは面食らったようだった。

「何だ、それは。どういう意味……」

「買ってくれるのは嬉しいけど、哀れまれるのはワリに合わないってこと。いくらあなたに金で買われていたとしても、媚《こ》びるつもりはないいんだから」

言ってやったら、スッキリした。

この世界に転生してから、ずっと腹にモヤモヤを抱えてきた。もっと自分に正直に生きたい。ゲームのハッピーエンドのために、好きでもない婚約者のご機嫌を取るようなことをずっとしてきたのだ。

「そんなふうに言われたのは、初めてだ。だけど、……悪くない」

機嫌を損《そこ》ねるかと思いきや、ウィリアムは肩をすくめて笑った。

店主に、おつりはイザベラが今後この店に来たときの支払いにあてるように伝えて、二人は外に出る。

娼館の前まで戻ると、ウィリアムはその店で買ったものをイザベラに手渡した。

「今日も朝まで買っておいたから、のんびりと過ごすといい」

ここで帰るつもりのようだ。

その言葉に、ウィリアムに対する感謝の気持ちがこみあげてくる。まだ身体の奥はかすかに痛いから、こんな状態で無理にセックスを強要されないのが嬉しい。

だけど、彼の体温を感じてみたいような名残惜しさもあった。

「ありがとう。感謝するわ」

思わず、気持ちが表情ににじむ。

伯爵令嬢という地位がなくなって一番楽になったのは、ありのままの自分でいられるようになったことだ。

思ったことを、そのまま口に出せる。王太子の婚約者でいたときには、その地位にふさわしい振る舞いをしなければならないというプレッシャーがあって、何かと猫をかぶっていたような気がする。

感謝の気持ちが伝わったのか、ウィリアムはじっとイザベラを見つめた。それから、甘く微笑んでそっと抱きしめる。

「明日も、……来てもいいかな」

じわりと、体温が身体に染みる。もちろん、と即答しそうになった。

明日なら、身体で接待できるはずだ。だが、こんなところに連日通うことがウィリアムの社会的地位に傷をつけないか気になった。

だからこそ、世慣れた大人のように言ってみる。

「無理しなくていいわよ。あなたにも、立場ってものがあるだろうし」

「会いたくないのか?」

すねたように言われて、少し焦った。

「そうじゃなくて、……あなたの立場が心配なの。金持ちの放蕩《ほうとう》息子扱いされたら、将来にも傷がつくわよ」

言うと、肩に回した腕に力をこめられ、ぎゅっと胸元に押しつけるように抱きすくめられる。

ウィリアムの胸元に顔が埋まり、彼の肉体の感触を感じ取って、どくんと大きく鼓動が乱れた。

「俺のことを、考えてくれたのか?」

ささやかれて、そういうことなのかな、と自分の気持ちを探ってみる。

顔も知らず、ウィリアムという名前も、たぶん偽名だ。

まだ会って二日目だというのに、自分のことよりウィリアムの立場のほうが気になる。その気持ちは本当だ。もしかして自分は、この初めての相手に心を奪われつつあるのだろうか。

——そうかな……?　……そうなのかな。

恋という感情など、イザベラは知らずに育ってきた。だけど、思いがけず心を奪われつつあるのを感じる。こんなふうにすっぽりと抱きしめられているだけで、ドキドキと鼓動が落ち着かないなんて初めてだ。

そして、同時に気になることがあった。

——この人は、わたしのことが好きなのかな。

だからこそ、毎日、通ってくれようとしているのだろうか。

甘い気持ちが胸に芽生え、ウィリアムのことがもっと知りたくなる。だが顔を隠しているぐらいだから、身分や本名など詮索されたくないはずだ。

何も深入りしないまま、身体だけの付き合いをするのが娼婦としてのあるべき姿だともわかっていた。

それもあって、ドキドキしているのを隠して顔を上げる。ツンとしながら、言い渡した。

「あなたのことなど、考えてはいないわ。名前も顔も知らないし」

「だけど、身体は知っている」

その密やかなささやきに、昨夜の交わりが蘇った。体内に入ってきたウィリアムのものの感触を思い出して、身体が熱くなる。

「……また、明日も来てくれるのよね」

気づけば、そんなことを口走っていた。

どこかで、心のタガが外れつつある。

この世界に転生した十五歳のときから、違和感を抱えて生きてきた。

ここは転生先であって、自分の生きる場所ではない。この世界は自分の世界ではない。前世の記憶が残っているだけに、そんな思いがずっと消えずにつきまとっていた。

どうにもならない運命に、ひたすら翻弄されてきた。顔を合わせる相手が皆ことごとく、記憶しているフラグの通りに振る舞うことに薄気味悪さを感じてきた。

だからこそ、彼らが人ではなくてキャラクターのように思えて、深く付き合うこともできずにいたのだ。

だけど、バッドエンドの先をイザベラは知らない。

知らないからこそ、不安と期待が生まれる。果たして自分は、このウィリアムと恋に落ちるのか。ウィリアムは自分のことを好きになってくれるのか。

今までのストーリーのように、どう振る舞っても変更できなかったものとは違って、頑張ればどうにかなるのではないだろうか。

「また来る」

そんな返事を受けて、イザベラは胸がいっぱいになった。自分のほうから、そっとウィリアムの背に腕を回して抱きしめてみた。

筋肉のしっかりついた、自分とは違う男性の身体だ。それを感じていると、耳まで痛いぐらいに熱くなる。

だが、ふと他人の気配を感じ取って、羞恥でいたたまれなくなって腕を振りほどいた。

店に別の客が入ってこようとするところだった。

玄関の脇で抱き合っていたことに気づいて、そのまま言い捨てた。

「じゃあ、……またね……！」

買ってもらった荷物を落とさないように両手で抱えこみ、娼館の中に走りこむ。

まっすぐ自分の部屋に戻り、ベッドに転がる。だけど、なかなかドキドキは収まらない。

何だか、涙まで出てくる。自分では、どうして泣いているのかわからない。

これが、恋、というものだろうか。

第四章

馴染《なじ》みの娼婦と別れて色町の大門を出たウィリアムは、小さく息をついた。

大門の外側で人待ちをしていた馬車に乗りこみながら、王宮に近い広間まで向かうように指示する。それから座席に落ち着いて、顔を覆っていたマスクを外した。

現れたのは、アングルテール王国第一王子、サミュエル・フィリップ・ジョージ・エジャーバードの顔だ。いつでも冷ややかで、傲慢にすら見える表情を浮かべていることが多いのだが、今夜はいつになく柔らかな表情をしているのが自覚できた。何かとサミュエルの心を揺り動かす、あの娼婦のせいだ。

彼女に名乗ったウィリアムというのは、偽名ではなかった。母方の姓に父方の姓、領土の姓に洗礼名と、つけられた名を重ねていくのが、アングルテール王国の貴族の名付け法だ。

その長ったらしい名前のどこかに「ウィリアム」もあったはずだ。あまりにも長いから、普段は省略しているだけで。

そもそもこの色町にやってきたのは、プリンスウェル王立学園の卒業祝いとして、叔父に連れてこられたからだった。

色事について積極的ではなかったサミュエルに、叔父はいろいろと教えこもうとした。そんなことは望んではいなかったが、断りきれなかった。

何故なら、親が決めた伯爵令嬢との婚約を破棄し、新たに恋した相手と婚約をしたい、というサミュエルの気持ちを理解し、その方法を教えてくれたのが叔父だけだったからだ。

別の用事のふりをして馬車にサミュエルを乗せた後で、叔父はマスクを手渡しながら言ってきた。

『せっかくだから、色町に行くのに付き合え。新しい女と婚約したんだろ？　女の抱きかたを娼婦に教えてもらっておけば、初めてのときに失敗しないですむ』

それでも結婚するまでは純潔を守るのが教会の教えだったから、気乗りがしなかった。叔父には正面切って逆らえなかったものの、タイミングを見てこっそり席を外すつもりだったのだ。

見知らぬ女と肌を合わせることにも、抵抗がある。

この色町では最高レベルだという娼館に連れこまれたものの、叔父が酔い潰れるのを待っていた。

だが、時間を潰している間に、娼館のオーナーというジェームズが、サミュエルを小部屋へと案内した。

『見るだけです。見るだけでかまいません。今夜売り出す、うちの最高の美人です』

生娘だの何だのという説明があったような気がするが、気乗りのしないサミュエルは聞き流していた。

だが、薄い布越しにその『今夜売り出す、うちの最高の美人』に視線を向けた瞬間、サミュエルは息を呑まずにはいられなかった。

何故なら、そこに座っていたのは、前日、婚約を解消したばかりのイザベラ・アレクサンドラ・メアリー・オブ・グッドウエーズリー伯爵令嬢そのものだったからだ。

——バカな……！　どうして、彼女がここに……！

他人のそら似に決まっている。いくら伯爵令嬢の地位を剥ぎ取ってやったとはいえ、あの高貴な女がいきなりこのようなところに売り飛ばされるはずもない。

そうは思うのだが、万が一、本人だったら、という考えが頭から離れない。

興味がないふりをしてその小部屋から離れたものの、考えすぎて頭がぐるぐるとしてきたサミュエルは、五分後に通りがかったジェームズを呼び止めて、ストレートに尋ねていた。

「いくらだ」

「えっ？」

「今の女だ。上玉の生娘だの、今夜が初めてだの、一番高値をつけた相手に売るなどと言っていただろ。待つつもりはない。すぐさま競り落とせる値段でいい」

サミュエルの言葉にジェームズが目を白黒とさせ、それからあまりの動揺に外れそうになったレンズを指先で押さえて、この上もなく嬉しそうに微笑んだ。

ほとんど酔い潰れていた叔父に金を出させる算段をし、その女と間近で顔を合わせたときも、サミュエルは半信半疑だった。

これがイザベラのはずはない。同じところと匹敵するぐらい、違うところがあった。

抱くつもりもなかった。単にイザベラではないと確認するためだけに買ったのだ。だが、見れば見るほど、彼女はイザベラそっくりで、明白に否定するネタが見つからないでいるうちに、二人きりになっていた。

半信半疑の気分は、今も続いている。これはイザベラに違いないという思いと、別人だという思いが、サミュエルの心の中で拮抗《きっこう》している。

外見上では、娼館にいる娼婦はイザベラそっくりの容姿だった。だが、その口から漏れる言葉や言動が、サミュエルの婚約者であった伯爵令嬢とはまるで違っている。

欲望のままに、彼女を抱いた。抱くつもりはなかった。だが、あのように扇情的な格好をした女性に好きなようにしていいなんて言われたら、理性など吹き飛ぶ。

その身体の柔らかさもあって、あれからずっと彼女のことが頭から離れない。

あれがイザベラなのか、そうではないのか。いまだにわからないままだ。気になりすぎるから、グッドウエーズリー伯爵家を内偵させることにした。使用人のふりをした内偵者を、今朝から送りこんでいる。

あの家に果たしてイザベラはいるのだろうか。何事も変わりはないのか。だが伯爵家は広く、特にその深窓《しんそう》の伯爵令嬢の動向を探るのは容易なことではないはずだ。

サミュエルにとってのイザベラは、嫌な女だった。

月の光を宿したような銀色の神秘的な髪に、雪のように白い肌。完璧な弧を描く眉に、長いまつげで縁取られたブルーの瞳。花のような唇。

一目で誰もが魅入るほどの美貌の主であるイザベラは、態度も堂々としたものだった。

最初にイザベラを見たときに、サミュエルはその美しさに舞い上がったものだ。こんなにも綺麗な子が、自分のお嫁さんになってくれる。イザベラのような綺麗な子を連れ回したら、きっとみんなも自分のことをすごいと思う。

自分をより惹《ひ》きたたせるアクセサリーのつもりでイザベラを扱っていたのだが、彼女との距離がだんだんと開いていったのは、何がきっかけだったのか、今では思い出せない。

――キスの一つもさせてくれなかったし、手も握らせてくれなかった。王が臨席する舞踏会では、婚約者として、仕方なさそうに俺に寄りそってはくれたが。

イザベラの笑顔の記憶など、サミュエルにはない。整いすぎた美貌の持ち主だから、無表情でいられると、まるで血の通った人間には思えなかった。

最初は憧れがあったものの、そんな態度にサミュエルの気持ちは急速に冷めた。

親しみなど湧きようがなかった。イザベラの全身に流れているのは、冷たい血でしかないように思えた。自分は憎まれ、疎まれていると思った。

だからこそ、アンジェラと知り合ったことで救われたような気がしたのだ。

何かと自分に微笑みかけ、頼ってくれるアンジェラと接して、サミュエルは息を吹き返す思いだった。

だが、そのアンジェラをイザベラがいじめ、ついには殺そうとしたのだと知った。

イザベラがアンジェラに向けた悪意の証拠は、いくらでも出てきた。

――どうして、こんなことを……。

最初はひたすら不可解だった。だけど、サミュエルはすぐにその理由に思いあたった。イザベラはアンジェラに嫉妬しているのだ。サミュエルの愛を奪い、婚約者の座を奪おうとしているアンジェラに。

そんなふうに思えたのは、何かとイザベラがサミュエルとアンジェラのことを気にかけているように見えたからだ。アンジェラとの関係を深めるたびに、冷ややかだったイザベラがやたらとサミュエルに注意を向け、苛立っていくのがわかった。

仲良くしたい、とも言われた。あんなにも毎日、サミュエルには無関心だったくせに、どうしてそんなふうに変わったのだと疑問に思った。

だが、そんなイザベラから伯爵令嬢の地位を奪い取り、自分との婚約を破棄していくことに、サミュエルは暗い喜びを覚えずにはいられなかった。

過去の冷ややかだった自分の言動を悔い、サミュエルの足下にひざまずいて詫《わ》びたなら、今までのことは全て許してやってもいい。

そんなふうに、心のどこかで思っているほどだった。

だが、イザベラは断罪の場で抗弁しようとしたものの、そうなることを心のどこかで受け入れているようにも思えた。だからこそ、サミュエルは激昂《げっこう》した。イザベラにざまあみろと心の中で罵声を浴びせかけながら、サミュエルは納得しないものを感じていた。

──何故だ！　何故、もっとあらがわない……！

そのモヤモヤは、今でも続いている。

それでもサミュエルは自分の気持ちに蓋をして、イザベラとは二度と会わないつもりだった。

あの女に、これ以上振り回されたくない。

なのに、娼館で思いがけずイザベラそっくりの女を見つけたとき、気になりすぎて買わずにはいられなかった。

その娼婦は容姿こそそっくりだったものの、サミュエルが知っている伯爵令嬢とはまるで違っていた。

──何せ、よくしゃべるし、表情がころころ変わる。

『わたしを買ったんだから、好きにするといいわ』

口ではそんなふうに言ったくせに、生娘だというその身体は小刻みに震えていた。その肌に触れ、柔らかさを感じ取ったとき、たまらなくなって押し倒していた。

やたらと敏感で、サミュエルの指の動きに合わせてびくびくと震えた。快感に耐える表情が色っぽすぎて、もっとあえがせたくなった。

あれほどまでの劣情を覚えたのは、初めてだ。あれから彼女の声や姿が頭から離れず、今日は王立学園の卒業式だというのに、夜になるのを待ちきれずに会いに来てしまった。

アンジェラに愛の告白をし、あらためて結婚を約束したばかりだというのに。

少し前までは、アンジェラに心の安らぎを覚えていた。だが、今日はどこか他人事のようにアンジェラに告白する自分の声を遠くで聞いていた。アンジェラを抱きしめながらも、頭のどこかでイザベラに似た娼婦のことをずっと考えていたような気がする。

――これは、あまりにも不実ではないか？

サミュエルは馬車の中で頭を抱えた。

娼婦の身体に溺れたわけではない。その証拠に、今日は紳士的な振る舞いをした。今日のことを思い出しただけで、イザベラに似た彼女が柔らかく笑った表情や、言葉が鮮明に蘇ってきて、サミュエルは目がくらむほどの劣情を覚えた。

『見栄張らずに、たっぷりと甘いものつければいいのよ』

そんなふうに言う彼女は自由だ。

娼婦だというのに、自分に正直に生きようとしている。その表情の可愛さが、いちいち心臓に刻印される。

彼女といるときには、素の自分に戻れる気がした。好きなものを好きといい、見栄を張らずに肩の力を抜くことができる。

あまりにもイザベラとは印象が違っているから、あの娼婦は全く他人のそら似だと思う。だが、あそこまで似た人間がいるものなのかと思うと、サミュエルはわからなくなる。

明日の午後には、アンジェラと会う約束もしていた。

だけど、まるで気が乗らないのはどうしてなのだろう。

あの娼婦のことしか考えられない。輝く目をして、楽しげに笑う彼女の表情ばかりずっと思い出している。


三日目の夜がやってくる。

営業時間が近づいてくるにつれて、イザベラはだんだんと緊張してきた。

また来る、とウィリアムは言い残していったものの、もしかしたら三日連続ではないかもしれない。

営業時間のかなり前から、イザベラは新しくウィリアムに買ってもらった衣装に着替えていた。

胸元にざっくりと大胆なカットが入った太腿丈のドレスだ。そのデザインだと、胸元の膨らみが扇情的に強調される。赤と黒の色合いが派手すぎて、上流階級のパーティでは絶対に着ていけない色合いだ。

それに、共布でできた黒のレースの上着を重ねる形となる。

上着には立て襟とフリルの袖と裾がついていて、太腿の途中まで黒のストッキングがのぞく。かなり色っぽくてドキドキする格好だった。

その服装に似合うように髪型も整え、イザベラは高揚を抑えながら営業用の応接間に下りていく。まだ開店時間前だったからか、そこはガランとしていた。

端のほうの目立たないソファを選んで座っていると、シャルロッテがお茶を運んでくれる。

「ありがとう」

それに礼を言ってから、イザベラは準備していた品を差し出した。

「あ。……これ、ね。買ってみたのよ。座ってくれる?」

よく働くシャルロッテの指が、荒れてガサガサだったのが気になっていた。だから、ウィリアムにいろいろ買ってもらったときに、軟膏《なんこう》も混ぜておいたのだ。

だが、下働きという意識があるのか、シャルロッテはもじもじとして座ろうとはしなかった。

そんな少女の手を取り、ソファの横に座らせてから、イザベラはその手に丁寧に軟膏を塗りこんでいく。

「……どうしたんです、これ」

記憶していたよりも、シャルロッテの指は荒れていた。関節のあたりは血がにじんで、痛々しいほどだ。

こんなふうに薬を塗りこまれたことはないのか、シャルロッテはひどく緊張して指先が震えていた。頬も上気していた。

「買ってもらったのよ、昨日の客に。石けんとか買ってもらっていたときに、あなたの手のことを思い出したの。すごくあなたには、お世話になっているから」

シャルロッテの小さな手を包みこむようにして、イザベラはクリームを塗りこむ。いつでもじっとしているところを見たことがないから、こんなものは必要ないと断られることも予想していたのだが、塗り終わるまでの間、シャルロッテは嬉しそうにじっとして、イザベラの指の動きを見守っていた。

「……ありがとうございます」

塗り終わると、シャルロッテは丁寧に礼を言って立ち上がる。その手に、イザベラは薬の入った容器と菓子を手渡してやった。

始終水仕事をしているから、軟膏はすぐに落ちてしまうだろう。気休めかもしれないが、それでも子供の手が荒れているのは気になる。

いつでも大人びて見えるシャルロッテがこの上もなく嬉しそうに笑ったのを見て、もしかしてここではあまり優しくしてもらってないのかな、とも思った。

——いつか、シャルロッテも店に出るのかな。……何歳ぐらいから？

不安になる。その前に、救ってやりたい。だが、自分もここで身を売っている身だから、どうすれば救えるものなのかわからない。

——やはり、父さまに連絡を取るべき……？

大門の中から、手紙は出せない。客に頼んで外から出してもらうか、大門の外に出られる使用人に頼まなければならない。だが、まだ信頼できる相手の見極めもつかない。

——それに、……現金、ないのよね……。

買い物は昨日、ウィリアムが店に金を預けておいてくれたおかげで当面困らないだろうが、そういうことに使えそうな金はない。

物や金をねだることで、ウィリアムに幻滅されたくなかった。少しでもウィリアムに嫌われることはしたくない。そんな微妙な乙女心まで生まれている。

ウィリアムはイザベラにとって特別の存在になりつつあった。

乙女ゲーの登場人物だったときには、まるっきり恋愛感情とは疎遠だったはずだ。なのに、どうして今ごろになって、恋愛感情が芽生えているのだろうか。そんなところが、イザベラには不可解だ。

全てはすでに、手遅れだというのに。

「はぁ」

ため息をつきながらお茶を飲んでいると、シャルロッテがウキウキとした足取りでやってきた。

「もうお客がついたそうです！」

「え……。誰？」

期待と不安が混じった思いに、ドクンと大きく鼓動が乱れる。

ウィリアムであって欲しい。彼以外は嫌だ。

そんなふうに思いながらドアのあたりに向けた目に映ったのは、こちらのほうに歩いてくるウィリアムだった。

いつものように仮面を身につけていたが、前回見たときよりもかなりカジュアルな衣装を身につけている。

黒の上質な生地にバックルをいくつも装飾的につけた、スチームパンク風。

仕立ての良さが感じられるから、安物ではなくてわざわざ仮面舞踏会か何かのために仕立てさせたものだろう。上着の裾は膝まであり、シルエットはどこまでも優美だ。彼の綺麗な身体のラインが引き立てられている。

「素敵ね」

ウィリアムが目の前の席につくなり、服装を褒《ほ》めてみた。

すると、ウィリアムのほうもイザベラの衣装に目を向け、柔らかく微笑んだのが唇の動きでわかった。

「おまえも、とても綺麗だ。なかなか似合うな」

「ありがと。買ってもらった服、気に入ったわ」

ウィリアムの視線を意識するだけで、全身がじわじわと熱くなる。ウィリアムが特に、ストッキングで包まれた足にチラチラと視線を向けているのがわかるからなおさらだ。だが、それを見極めようとすると、すっと視線を外される。

いくら足が好きでも、じっくりと見ないのが貴族のたしなみといったところだろうか。

伯爵令嬢だったときには、この何十倍も、下手をしたらさらに桁が違うぐらいの豪奢なドレスを着てきた。だが、好きな男に買ってもらった衣装ほど、心をときめかせるものはない。それを身につけた自分を褒めてもらったときは、なおさらだ。

まだ人の少ない応接間だから、ゆっくりしても大丈夫かと踏んで、イザベラはウィリアムのために紅茶を注いだ。さすがは高級娼館だけあって、応接間の紅茶はなかなか香りがいい。

「早く来たのは、……そんなにも、わたしに会いたかったからなの？」

肌を赤く染めながら、冗談めかして尋ねてみる。

「一番に駆けつけないと、おまえが他の誰かに売られてしまうからな。他人と共有するのは、苦手なんだ」

ヌケヌケと返されて嬉しくもあったが、やはりお気に入りの所有物を他人と共有するのが嫌なだけかもしれない。

――だって、最初に来たとき、婚約者がいるって言ってたわ。

イザベラは胸がきゅっと痛むのを感じた。

この時代、貴族は皆、政略結婚だ。そこに愛情はないとわかっているものの、それでも引っかかる。

本気になってはいけないと、イザベラは自分を戒めた。

「とは言っても、わたしは娼婦よ。しかも、わりと高級なほうの。一晩いくらって、高いみたいなのよ？　ずっと独占しておくなんて、あなたにできるの？」

前世から、放蕩息子の話は見聞きしてきた。金持ちのおぼっちゃまが色町の娼婦や愛人に入れあげて家や正妻を顧みず、親から愛想をつかされて勘当される話だ。

ウィリアムがここに通い詰めるようになったら、実家や婚約者の家から冷たい目を向けられることになりはしないだろうか。

だが、ウィリアムは軽く笑い飛ばした。

「おまえにいくらかかろうが、かまわない」

そう言った直後に、テーブルにあった手をすくいあげられて、その甲に口づけられる。

そんな紳士的なキスを受けて、イザベラの鼓動は一気に跳ね上がった。

婚約者がいたときも、こんなにドキドキしたことはなかった。

ウィリアムと顔を合わせるたびにときめきが強くなっていくことに、イザベラは戸惑うばかりだ。

ウィリアムはイザベラの顔を見据えて、マスク越しに甘くささやいた。

「まだ時間も早いし。……例のものを食べに行くか？」

「例のもの？」

「ほら、昨日、食べただろ」

思わせぶりに言われたが、すぐにはピンとこない。そこまでもったいぶるようなものを食べただろうか。だが、ふと甘いもののことかとピンと来た。ウィリアムがやけにおいしそうに食べていたことを思い出す。おそらくそうだ。

「もしかして、あなたが早めにここにやってきたのは、わたしじゃなくって、甘いものが食べたかったからなの？」

そんなはずはないと否定してもらいたかったのだが、ウィリアムは悪戯《いたずら》っぽく微笑んだ。

「どうかな」

冗談だとわかってはいたものの、そんなセリフには膨《ふく》れずにはいられない。

昨日と同じティルームに入った。

まだ時間が早いせいか、席はがら空きだ。奥のほうの見晴らしのいい席に座り、メニュー票を手にウィリアムと相談しながらオーダーする。

ウィリアムが好きなのは、どうやらトライフルのようだ。特にそのアイスクリーム部分。イザベラも同じものを頼んだついでに、お持ち帰りでクッキーも一袋つけておく。

シャルロッテにあげたい。おずおずと嬉しそうに受け取ってくれたときの顔を思い出すと、あの少女をもっと喜ばせてあげたくなる。

ウィリアムは気前がいいから、余計なものを頼んでも気にした様子はなかった。

ほどなくトライフルが届くと、ウィリアムは待ちかねたように器を引き寄せ、スプーンをアイスクリームに突き立てた。それから、おいしそうに食べていく。

そんなウィリアムを、イザベラは何気に見つめてしまう。

マスクに人相隠しの魔法がかけられているから、じっくりと顔を見ることはかなわないが、それでもマスクではなくて口元に意識を集中させれば、それなりに観察できた。

キリッとして形のいい、艶っぽい唇だ。その口で上品に食べ進んでいるのを見るのはとても楽しい。マスクの下の素顔が知りたくもあるが、だからといって何かがどう変わるわけではない。

　――顔だけが好きになるポイントじゃないのよね。ウィリアムの、……どこに惹かれたのかしら。初めてのときに、優しくしてくれたから？　翌日、身体が痛いというと、抱かないでくれたから？

　マスクがあるからこそ、言葉ではなくて心で、ウィリアムの気持ちを受け止められたような気がする。

　それでもマスクなんかでハンサムに違いない顔を隠してしまうのはもったいない気がして、イザベラは自分用のトライフルをつつきながら、そっとねだってみた。

「ね。……絶対に秘密にしておくし、詮索もしないから。マスクを外して、顔を見せて」

　軽い気持ちからの提案だったのに、ウィリアムは動揺したように肩を揺らした。

「な、……何故そのような」

「だって、ハンサムでしょ。見たいの」

「……いや、……だが」

　ここまで頑《かたく》なに拒《こば》まれるとは思わなかった。身分を隠している以外にも理由があるような気がして、イザベラは少し乗り出した。親密そうな空気を作る。

「後で厄介なことになる可能性はまずないと思うわ。誰にも言わない。店とか、人がいるところではマスクをしてていいのよ。わたしと二人きりになったときだけ、ちょっと外すっていうのはどう?」

「だが、……それでも」

「単に、見たいだけなの。あなたの素顔を愛《め》でたいだけなの……!」

恋心を必死で隠して頑張って主張してみたが、ウィリアムの頑なな態度は変わらない。

「ダメだ」

そんなふうに言った後で、口元をキッとさせてトライフルを食べ進めていく。そんな姿も素敵だと見とれながら、イザベラはため息を漏らした。

「……もしかしたらハンサムすぎるから、わたしがもっと惚《ほ》れて、厄介なことになるって、恐れているの?」

冗談っぽく言いつつも半ば本気でもあったのに、何故かそれだけは即答だった。

「いや」

「え?」

「マスクを外しても、おまえが俺に惚れることはない。それだけは、わかる」

「どうしてわかるのよ?」

そんなふうに、ウィリアムが言い張る理由がわからない。

自分が、誰かに恋心を抱いたのは初めてだ。

そのことに自分でも戸惑いながらも受け入れているところなのに、相手にここまでハッキリと拒絶されたことで、グサリと心臓に刃が突き刺さる。

だが、その質問にウィリアムは答えようとはしなかった。

衣装の豪華さと立ち居振る舞いから、貴族である身分を知られるのを恐れてのマスクだとばかり思っていた。

――もしかしたら、別に理由があるの？　だとしたら、何？　マスクの下に醜い傷があるとか？　そういう類の？

どんな顔だったとしても、自分の気持ちが冷めることはないはずだ。そもそも顔がわからないまま好きになったのだから、美醜が問題ではない。

だからこそ、イザベラは自分の気持ちを少しずつ伝えようとした。

「あの、ね。わたし、顔を隠されたことで、あなたの本質に触れているような気がするの。だから、あなたのマスクの下の顔がどんなふうであっても、わたしの態度は変わらないはずよ」

だが、ウィリアムがマスクを外す気がないのは、スプーンを手から離さないことでわかった。

無言のままトライフルを食べ進め、イザベラよりもかなり早く空にした後で、ウィリアムはスプーンを置いた。

軽く手を組み、その上に軽くあごを添えて、窓の外に視線を向ける。

イザベラがトライフルを半分ぐらい食べるぐらいまで無言だった後で、ため息とともに言ってきた。

「婚約者がいる。俺はおまえに、……そう言ったな」

「ええ、覚えてる」

あらためて突きつけられたことで、胸が冷えた。好きになった男に婚約者がいるというのは、胸の内側を刃物で引き裂かれるぐらいつらい。上手に割り切れない。

「その婚約者と、……今日、顔を合わせて、……街を歩いたんだ。流行の店を冷やかし、休憩がてらティルームに入った。……トライフルのおいしさを彼女にも知って欲しくて、注文しようとした」

ウィリアムは自問するように語りつづける。

「だけど、今日一緒にいた婚約者の、……口調がやけに気になった。『すごいわ、男らしいのね。さすがは、あなただわ』そんな言葉を繰り返して、俺をしきりに持ち上げる。そんなことが気になったのは、おまえが俺を褒めないからか？」

「何を比べてるのよ？」

イザベラは戸惑いながら、紅茶を一口飲んだ。

ウィリアムが何を言いたいのか、わからない。ウィリアムは褒められたいのだろうか。

理解できないまま、さばさばとした口調で切り捨てた。

「だけど、あなたの婚約者の口癖っていうのは、俺様系傲慢男を落とすための基本よ？」

乙女ゲーでのタイプ別攻略法は、完全にイザベラの頭の中に入っていた。

「俺様系傲慢男？」

不思議そうにつぶやかれたので、イザベラは説明してみる。

「あなたみたいなタイプってこと。生まれたときから周囲にチヤホヤされて育ってきたから、世界で一番自分が偉いって思っているの。強い自己承認欲求があるから、とにかく褒めて、男らしいって言って持ち上げておけば、その男からは好かれるのよ」

傲慢俺様男は、とにかく褒めろ。彼を気持ち良くさせて、理解者を装《よそお》え。

だけど、イザベラはその攻略法を頭では理解していたものの、俺様系傲慢男である婚約者のサミュエル相手には、うまく実行できなかった。

対して、アンジェラはよくサミュエルを褒めていたのを思い出す。

あんなふうに恥ずかしげもなく歯が浮くお世辞を次々と口にできたら、イザベラはここまでのバッドエンドを迎えてはいなかったことだろう。

――理性が邪魔をしたわ。

だが、サミュエルとウィリアムは少しタイプが違う気がする。その証拠に、イザベラの前でウィリアムは思わぬことを言い出した。

「だけど俺は、今日、褒められてもあまり嬉しくない自分に気づいたんだ。おそらく、すごくない自分、ってのを認めて欲しかったんだろうな」

「は？」

「つまり、だ」

ウィリアムは身体の前で、所在なげに指を組み直した。

「婚約者と入ったティルームで、俺は意気揚々と、トライフルを頼もうとした。知ったばかりのおいしさを、婚約者とも分かち合いたかった。今、おまえとトライフルを食べているように」

自分との体験は、婚約者とのデートの復習なのかと思えて、イザベラの胸はチクチク痛む。

だが、ウィリアムの話は思いがけない方向に進んだ。

「だけど、……オーダーしようとしたら、笑われたんだ」

「何で？」

「『やだ、らしくないわ』って。そして、こうも言われた。『トライフルっていうのは、寄せ集めって意味よ。切り落としたスポンジの端っこや、いろんなお菓子の端っこをごちゃごちゃ盛りつけてあるんでしょ。あなたには、そんな寄せ集めはふさわしくない。お腹が空いているのなら、別のところに食事に行かない？』」

ウィリアムは婚約者から向けられた言葉を、つかえることなくすらすらと口に出す。

そうしたことで、その言葉がどれだけウィリアムの心臓に鮮明に突き刺さったのか、伝わってくるようだった。

「……そう」

イザベラはうなずいて、うつむいた。

婚約者の気持ちもわかるような気がする。

ウィリアムはおそらく身分のある貴族の子息だ。そんなウィリアムが、楽しげにスポンジの端が入ったパフェなどを食べていたら、見栄えが良くない。

婚約者はウィリアムの甘えを許さない。いつでも人の上に立つべく人間として、男らしく、立派であれと命じているのだ。

——そうね。あなたは、きっとそうあるべき人間なのね。

だけど、ウィリアムは少し前も、すごくおいしそうにトライフルを食べていた。

彼が期待されている姿とは違い、素のままの姿でいられるときには解放感があるのだろう。

それを想像してみただけで、胸が痛くなる。

それはきっと、イザベラの経験とも重なっているからだ。

イザベラもずっと伯爵令嬢として生きてきたが、いつも違和感を抱えていた。

こんなふうに言われると、ますますウィリアムを自由にさせたくなる。外の世界では肩肘張って立派でいないといけないのかもしれないが、自分の前ではその必要はない。

イザベラはどうしようもなくて、笑う。そして、柔らかく言ってみた。

「けどね。わたしの前では、トライフルを好きなあなたでいいのよ」

彼の安らげる場所でありたかった。

しばらく散歩をしてから店に戻り、抱き合った末にウィリアムのものを受け入れた。

「……っは……っ」

さんざん前戯で濡らされた後だから、こんなふうに入れられても痛みはないはずだ。ベッドに押し倒され、大きく足を広げられている。

それでも入り口をウィリアムの先端で押し広げられ、じわじわと貫かれていくにつれ、その強烈な圧迫感に詰めていた息が漏れる。

「う」

小さくウィリアムのほうまで声を漏らしたのは、イザベラの襞《ひだ》が狭すぎたからなのかもしれない。

隙間もなくウィリアムのもので広げられた襞が、大きさと硬さを、いやというほど伝えてくる。

初日に入れられて、中《なか》一日空けてから、二度目の挿入だ。

初めてではないから少しは慣れた気持ちではいたものの、そう簡単なものではないらしい。

それでも、ギチギチに締めつける襞に慣らすように、小刻みに抜き差しを繰り返されていると、内側から押し広げられるような違和感が少しずつ薄れていく。

代わりに、ぞくぞくとした不思議な体感が広がっていくことに、少しだけイザベラは安堵《あんど》した。この感覚なら、知っている。

「っん……っ」

奥まで突かれるたびに、そのぞくぞくが大きくなって、ひくっと襞が蠢《うごめ》いた。中で快感を覚えるのに合わせて身体が熱を帯び、声に甘ったるい響きが混じっていく。

だけど、ウィリアムはそんな反応よりも、まだなかなか力が抜けない襞の締めつけや、強ばったままの手足のほうが引っかかっていたらしい。動きを止めて、尋ねられた。

「……痛いか？」

二日前に破瓜したばかりの身体を気遣ってくれるのだろう。昨日はしないでくれたし、今日も時間をかけて身体をとろとろになるまで愛撫《あいぶ》してくれたからこそ、中は十分に潤っている。

イザベラは快感に揺らぐ目を、ウィリアムに向けた。

「大丈夫よ、……気持ち……いい、…わ……っ」

ささやきながら腕を伸ばしてウィリアムの後頭部に巻きつけ、キスをねだった。

鼻先が擦りつけられ、ウィリアムのマスクが触れる。そのマスクの違和感を拒むように顔を振ると、枕元にあったランプが消された。

部屋が真っ暗になったことに驚くと、落ち着かせるようにウィリアムの手が頬を撫でた。

てくる。


「大丈夫だ。マスクを外すだけだ」

そんな言葉とともに、コトリとマスクがベッドサイドの棚に置かれる気配があった。

何せつながりっぱなしだから、ウィリアムが身体を動かすたびに全ての動きが中まで伝わってくる。

ウィリアムが再び顔を近づけてきたが、今度はマスクが触れることはない。高い鼻梁が触れ、頬ずりするように頬が触れた後で、重なってくる唇の柔らかさを感じ取る。その唇の動きがせがんでいるように思えて、イザベラは口を開いた。

イザベラのほうからは、どんなに目を凝らしてもウィリアムの顔は見えない。まだこの暗闇に目が慣れていない。

ウィリアムもろくに見えないのか、触れてくる前に手でイザベラの身体を探ってくるのを感じ取る。

待ちかねたように押し入ってくる舌に、イザベラのほうからも舌をからめた。

「っふ……」

ディープなキスの仕方を、少しずつ覚えていく。

ウィリアムの唾液にはどこか清涼感があって、舌の感触がなめらかで気持ちが良かった。何も見えないから、触覚が研ぎすまされているせいもあるのかもしれない。

その唾液に媚薬《びやく》が入っているような気分で、イザベラはウィリアムの舌をむさぼっていく。

淫らなキスを繰り返しながら、ウィリアムはゆっくりと腰を動かし始めた。

体内で他人の硬い肉が動く感覚に、イザベラはまだ慣れない。それでも、この背徳的な快感はやみつきになりそうだ。

未知の感覚が掘り起こされ、身体がウィリアムのものとして変化していくような感覚があった。

抱き合うたびに乳房が押しつぶされて刺激されるのも心地良く、彼と触れ合えば触れ合うほど気持ちが高まっていく。

「ッン……っ」

突かれるたびに身体の奥が疼き、ウィリアムの動きに合わせてぎこちなく腰が動いた。もっと気持ち良くなりたい。ウィリアムも気持ち良くさせたい。どこかにひどく感じるところがあって、そこをごくまれに刺激されている快感も混じる。

イザベラのそんな腰の動きに合わせてウィリアムが膝の裏を抱え直し、挿入するスピードが少し増した。

手が乳房に伸ばされ、さきほどたっぷりと愛撫された乳首を指先で探り当てられた。動きに合わせて、ぷつんと尖った部分が親指の腹でなぞられる。

そんなふうにされると、乳首からの快感が中まで響いた。襞で感じ取れる快感が一気に増幅する。

もっともっと身体が快感を欲しがって、搾り取るようにウィリアムのものを締めつけながら、腰を動かしていた。

「ッあ、……あ、……あ、……っ」

やはり、中にひどく感じるところがある。腰を動かした拍子に、そこをウィリアムのもので強く擦られて、頭が真っ白になるような快感が生まれた。

「ひっ……！　あっ、あ、あ……っ！」

ウィリアムのほうも、イサベラがそこで感じているのを知ったのか、切っ先で中を探るようにしながら、淫らに擦りつけてきた。

「っんぁっ！　……ぁあ！」

自分が娼婦として抱かれていることや、この世界への違和感などが、快感の前で全て吹き飛ぶ。ただその動きを全神経で追うことしかできない。

さらにウィリアムの先端が感じるところを正確に捕らえるようになり、そこめがけて押しこまれると、強すぎる快感に腰が跳ね上がった。

「ン、……っぁ、……ああああ……っ」

電撃のような快感が全身を駆け巡り、息もできないまま、渾身《こんしん》の力でぎゅうぎゅうと締めつける。

今までの刺激は、ほんの児戯に過ぎないと思い知らされた。

あまりの快感の強さに中が硬直し、なかなか力を抜くことができない。

さすがにその反応に、ウィリアムも動きを止めた。

「どう……した？　感じすぎたか？」

感じるところに切っ先をやんわりと擦りつけられて、ぞくぞくと快感がつのる。

「っんっ！　ん、ん、……っそこ、……感じ……すぎ……る……っ」

だけど、もしかしたらこの動きはウィリアムにとっては、気持ちがいいものではないのかもしれないと思った。

自分よりも、ウィリアムに快感を与えたい。だからこそ、イザベラは快感にあえぎながら尋ねてみる。

「あなたは、……いい？」

「ああ。……おまえが気持ちよくなると、……俺も感じる」

そんなことをてらいも無く口にして、ウィリアムは開きっぱなしの唇にキスをしてくれた。

ウィリアムの態度に、イザベラは震えた。

──ダメよ、……もっと、惚れちゃう……っ。

その間にも、ウィリアムの切っ先がイザベラの感じるところを淫らに刺激しながら抜き差ししてくる。その弾力の硬さも大きさも、何もかもが気持ち良かった。

「ん、……っぁ、あ、あ……っ」

たっぷり感じるところを刺激した後で、ウィリアムの動きは通常のものに代わる。感じるところをことさら刺激されることはなくなったが、それでもウィリアムのどこかが感じるところにあたっているらしくて、やたらと感じた。

自分の指では到底届かないような深い部分までその太いもので埋めつくされると、それだけで身体が満たされたような感覚さえある。

先ほど、ピンポイントで感じるところを執拗《しつよう》に刺激されたことで、中の感度が切り替わったようだった。ただ動かされているだけで、おかしくなりそうなほど感じてしまう。

「ン、……ん、ん……っ」

ウィリアムのものが深くまで入りこみ、イサベラ自身ですら知らなかった快感を襞のあちらこちらから探り当てていく。

太腿にだんだんと力がこもり、中がぐちゃぐちゃに溶けてきたころ、深いところにもある感じる部分を重点的に責められた。

「っんぁ、……っあ、……んぁ、……あ……っ」

ウィリアムの切っ先が届くギリギリ。

そこにもひどく、感じる部分がある。突かれるたびに、ズシンと内臓に響いた。さきほど執拗に刺激された弱いポイントは痺れるような快感だったのに、それとは違う重苦しい快感だ。

ぞくぞくと震えながらもそれを受け止めていると、身体を抱き上げられて、うつ伏せにひっくり返された。

「っん、ひ、あ……っ！」

体内をいっぱいに埋めつくしていたものが、襞全体をぐりっとねじり上げる。あまりの快感に、唾液がシーツまで滴った。

背後からイザベラの腰を抱え直したウィリアムに、ルートを確認するように一回出し入れされると、それだけでビクンと身体が跳ね上がった。

「っひ、……あ……っ」

また軽く抜き差しされただけなのに、ひどく感じていた。最初に刺激された弱点に、ウィリアムのものがまともに当たっているのかもしれない。

もう感じすぎてヘトヘトだったから、どうにか自分で腰を浮かして、感じるところを刺激されないように回避しようとした。だが、背後から突き刺されると、どうしても直撃から逃れられない。

必死で腰を引こうとしたが、その腰をがっしりと両手で抱えこまれて挿入されると、もはや逃げ場などなかった。

「……っんぁ！　……あ！　……あ、……あ……っ」

ウィリアムが動くたびに、悲鳴に煮た甘い声があがる。

痛いわけではない。中がたっぷりと濡れすぎて、すべりが良くなっている。背後からされると、突き刺さるスピードが一段と増して感じられるほどだ。

「っま、……って、……そこっ、……ダメ……っ！」

必死になって訴《うった》えようとしたのだったが、弱点にあたると声が途切れた。

ウィリアムの攻め立てる動きは止まらない。

「おまえの、……っ、感じている声と、そうではない声の区別が、……だんだんとできるようになってきた」

そんなふうに言われたが、納得せざるを得ない。今の声は、蕩《とろ》けるほどに甘かった。

ひくつきながらぎゅうぎゅうと締めつけるイザベラの身体に煽《あお》られたように、ウィリアムの動きがますます勢いを増していく。

「んぁ、……あ、……あ……っ」

入れられるときの、突き刺さる刺激がやたらと気持ち良くてたまらない。抜かれるときの、ぬるりと襞を押し広げられるような刺激も好きだ。

ウィリアムの絶妙な形と大きさが、イザベラの身体から最大限の快感を生み出す。体重を乗せてズシンと背後からえぐられると、感じすぎて中の力を抜くことができないほどだ。

襞が惜しむように、抜かれていくウィリアムのものにからみつく。

ウィリアムの動きは一定ではなく、浅くなったり深くなったりを繰り返した。そのあげく、深い部分を集中的に刺激してくるようになった。

「っん、……あ、……あ、……あ……っ」

ひたすらあえがされ、太腿も痙攣して絶頂まで秒読みになってきたころ、ウィリアムがイザベラの身体を背後から強く抱きしめて、感じるところばかりを集中的に突き上げてくる。

「っぁ！　……あ！　あ！　あ……っ」

イザベラの腰が逃げないようにするために背後から陰部へと回された指先が、濡れきった陰核をぬるりと撫であげる。

「っひぁ！　……っあ！」

電撃のような快感が、イザベラを襲った。

そんな刺激が加わったら、ひとたまりもない。思わず腰が動いたが、その動きが新たな刺激を生み出す。

さらにゆっくりとそこを刺激されながら、背後から腰を動かされていると、ガクガクと太腿が痙攣して止まらなくなった。

「っん、……ぁ、……あ……あっ」

深い突き上げに合わせて、なおも陰核をぬるぬると撫でられる。

絶頂に受けて、何かがせり上がってきた。あともう少しでそこに届く。

「……ン、……あ、……っぁ、あ、……っンンンンン……っ！」

一瞬意識が途切れた。

痙攣する身体の奥に、ウィリアムもゴムの中でイった気がした。

深い絶頂を味わったイザベラの身体は、仰向《あおむ》けにひっくり返された。

締めつける力を失った中からぬるりと抜き出されると、そこからじわりとあふれる愛液に声が漏れる。

「ん、……あ……っ」

そんなイザベラの足を解放せず、ゴムをつけ直しながら、ウィリアムがささやいた。

「今夜も朝まで、……買っておいたから」

覚えたての快感に夢中になっているのは、イザベラだけではないのかもしれない。

疲れを知らないようにまた押しこまれ、イザベラは甘い声を漏らした。


何度達したのかわからないぐらい、さんざん感じさせられた後で、イザベラは眠りに落ちた。

ふと夜半に目を覚ますと、自分の横のベッドにウィリアムが眠っているのに気づく。

あかりはなかったが、この暗闇に慣れたのか、ウィリアムの顔の輪郭がうっすらと白いシーツに浮かび上がっている。

身体はくたくたのはずなのに、不思議な充足感があった。たっぷり与えられた快感の残滓《ざんし》がなおも身体の奥底でくすぶっている。

ウィリアムへの愛しさが抑えられず、その顔をなぞるように手を動かした。

マスクは手に触れなかった。今、あかりをつけたら、ウィリアムの素顔を見ることができるかもしれない。

それでもあかりに気づいてウィリアムが目を覚まし、顔を見られたことで機嫌を損ねたら、二度とここに来てくれなくなるかもしれない。そう思うと、どうしてもあかりはつけられない。

手で顔をなぞり、その手の感覚からウィリアムの顔を思い描いてみる。

高い鼻梁に、引き締まった頬。目のあたりはわからない。どんな目の形だろうか。目の色は何色《なにいろ》か。

触れながら、まぶたの裏で思い描く。

それだけでドキドキした。

だけど、胸が苦しくてたまらない。

好き、というのがどんな気持ちなのか、ずっとイザベラはわからずにいた。

生身の人間にときめきを覚えたことはなかったからだ。

なのに、ウィリアムと出会ったことで、恋心というものが理解できたような気がする。

——寝顔を感じ取っているだけで、キスしたくなるの。やたらと気持ちが浮き立って、一緒にいたいのに、逃げ出したくもあるの。

ウィリアムのことが好きだ。そんなふうに心の中でつぶやくだけで、気分が高揚する。この先もずっと、自分のところに通ってきて欲しい。できれば、好きになってもらいたい。本名も、外での身分も知らない相手だというのに、気持ちが抑えきれない。

ドキドキしながら、眠っているウィリアムに唇を近づけた。

なかなか唇との距離がつかめない。薄目を開けて、また唇が触れ合わないか確かめ、ようやくウィリアムと唇が触れたときには、ぞくっと鳥肌が立つほどだった。

起こさないためにすぐに唇を離してしまったが、もう一度その唇の感触を味わいたくて、顔を近づけていく。

だが、唇がまた接した直後に、ウィリアムの腕がイザベラの首の後ろに巻きつけられ、ぐっと身体を引き寄せられた。

「ッン！」

――起きて……た！

それとも、自分が起こしたのだろうか。そのあたりを探る余裕もなく、ウィリアムのほうから唇が押しつけられ、すぐに歯列が割られた。ぬるぬると舌をからめられる。甘いキスはいつまでも終わらない。ずっとこれを味わっていたいほどだ。

さんざん息が乱れた後で、どちらからともなく唇が離れ、イザベラは深く息を吸いこむ。身体はいつの間にかウィリアムに抱き寄せられていた。

そのまま、腕枕の形にされる。

「重くない?」

イザベラの頭部の重みが、ウィリアムの腕にかかっていた。すぐそばにウィリアムの息づかいを感じる。顔は見えなくて、気配だけだ。ウィリアムの手がイザベラの髪をそっとすいてくる。

「重くないよ」

ウィリアムの指の動きが、とても気持ちよかった。ほどよく筋肉のついた腕は枕にするのにちょうどよく、イザベラはもっとそれを味わうために目を閉じる。

そんなイザベラの頬にキスをしてから、ウィリアムが聞いてきた。

「つらくないか?」

身体のことだと、すぐにわかる。

「……大丈夫よ」

もし明日がつらくなったとしても、かまわない。そう思うぐらい、甘い快感の記憶が残っていた。自分と同じぐらい、ウィリアムは気持ち良くなってくれただろうか。

それを聞こうとも思ったが、動いている最中にウィリアムが身体の上で漏らした吐息を思い出した。とても気持ちよさそうだった。ドキリとするほど。

顔も本名も身分も知らない相手なのに、こんなふうに好きになったのは、セックスを通じてウィリアムの性格が伝わってきたからかもしれない。

多少強引なところはあるが、身勝手なセックスはしない。イザベラも感じるようにと、気を配ってくれる。むしろ、イザベラの快感のほうを優先してくれる。

──優しい……人、だわ。

マスクから漏れる黄金色の髪は、かつての婚約者と似ていた。

サミュエルもひどくハンサムだったが、それでも中身はまるで違う。思い出しただけでげんなりしてきた。

ウィリアムへの感謝を伝えるために、イザベラは目を閉じたまま、口にする。朝が来るまで、まだしばらくあるようだ。

「……わたし、ね。婚約してたの。破棄されたんだけど、相手はすっごく傲慢な男でね」

言った途端、腕枕をしていたウィリアムの肩がピクッと反応するのがわかった。密着しているからこそ、反応が如実に伝わってくる。

「どんなふうに、傲慢だったんだ？」

聞かれて、イザベラはサミュエルの姿を思い浮かべた。

生まれながらの王太子様。正妻から生まれた正統な世継ぎであり、産声を上げたときからこのアングルテールの玉座を約束されていた人間。

イザベラも伯爵令嬢として蝶よ花よと育てられただけに、この世界に身分のある人間として生まれ落ちたならば、あのような性格になるのも理解できる。

「彼の傲慢なところは、いっぱいあるわ。一番気になったのは、人への思いやりがないこと。ナチュラルに人を見下しているくせに、わたしのほうが彼よりものを知っていると怒るの」

前世の記憶があるイザベラのほうが、知っていることは多い。それなりに科学的な思考力も身についている。王立学園での成績も良かった。

だけど、サミュエルがそれを良く思っていなかったことはわかっている。とにかく、お山の大将でないと気がすまないタチなのだ。

「だが、そう思っていたのはおまえだけで、事実、婚約者のほうがものを知っていた、ということではないのか？」

ウィリアムが言い返してきたので、イザベラはフンと軽く鼻を鳴らした。

この世界には少々、男尊女卑的なところがある。ウィリアムでも、そうなのだろうか。

「なわけ、ないでしょ。とにかく、何でも自分が一番で、他人に褒められていないと気がすまないの。わたしのほうが王立……いえ、ええと、庶民の行く学び舎《まなや》での成績が、明らかに良かったんだけど、それを突きつけてやると、何かとくさしてくるの」

「ほお？」

「元婚約者はね。学び舎でちょっとした役職をしていたのよ。それに時間を取られるんだって、言い訳されたわ。だから、わたしも何かと彼の仕事を手伝ってあげることにしたんだけど、感謝の言葉一つもなかったわ。わたしが彼の補佐をするのが当然、って感じでね。むしろ手伝わせてやって、感謝しろっていうような態度で」

　枕にしたウィリアムの身体が、落ち着かないようにもぞもぞした。それが気になって、イザベラは顔を上げる。

「どうかした？」

「いや。……そう聞くと、確かにひどい話だな。だが、婚約者とやらは、おまえがそんなふうに思っていたことを、まるで知らないんじゃないか。……何せその婚約者は、大勢の使用人に囲まれている。使用人は手伝わせれば手伝わせるほど、自分の役割を果たせると、彼に感謝したものだ」

　完全に婚約者目線に立った物言いをされて、イザベラはウィリアムが理解できない人になったような感覚になった。何でそんなに、サミュエルの肩を持つのだろうか。

　少ししょぼんとして、イザベラはウィリアムの肩に顔を埋めた。

「そんなふうに育ってきてしまった婚約者だから、しょうがないと諦めているところもあるのよ。だけど、彼と顔を合わせればそれだけ、鬱憤《うっぷん》がたまって」

「今のおまえのように、ストレートに言われなかったら、婚約者は、何も気づかないままだろうよ。おまえの態度がだんだん冷ややかになっていったことだけしか、彼は理解できなかったに違いない」

婚約者目線でウィリアムに言われると、確かにその通りかも、とも思う。自分にも悪いところはあった。

だけど、毎日婚約者と顔を合わせるたびに、腹を立てることばかりが重なっていった。それを隠すために、イザベラの表情から感情が消えていった。おそらく、最後のころは能面のような顔を向けていたはずだ。

「それにね。あの人は待たされるのが大っ嫌いだったの」

好きな男の前で、元婚約者の悪口を言うのははばかられた。だけど一度話しだすと、自分がひどく鬱憤をためていたことに気づかされる。止まらなくなる。

この世界に転生してからというもの、こんなふうに自分の素直な感情を口にしたことがなかったからだ。ウィリアムになら、それが話せるのが不思議だった。

「待たされるのは、誰でも嫌いだろう?」

「だけど、わたしが遅れるからには、それなりの理由ってものがあるのよ。頑張って彼とデートの約束を取りつけて、彼の家で待ち合わせをしたことがあったんだけど、すごく遅れてしまったの。それは、馬車で向かってた途中で、お婆《ばあ》さまが道端で倒れていたのを見つけたからよ。……御者に命じて、そのお婆さまを馬車に乗せて、医者のところまで連れていったの。……だけど、彼の家についたときには、婚約者は待たされたことに腹を立てて、一人で出かけてしまった後だったってある?」

「そんな理由があったのなら、そう伝えればよかったんだ」

「聞く耳を持たないのよ。とにかくわがままに育てられているから。自分が待たされたってだけで腹を立てて、翌日詫びに行っても、聞き入れてくれなかったわ」

サミュエルのことを思い出すだけで、何だかモヤモヤしてくる。

ウィリアムはイザベラの頭を引き寄せ、その髪の匂いを嗅ぐように顔を寄せてきた。

「まるでいいところがない男だな。そんな相手と、婚約解消になって良かったと思ってるのか？」

「そうね。楽になったわ。だけど、今、……こんなふうに思い出してみると、わたしのほうにも悪いところがあった気がする。彼のことをあまり理解しようとはしなかった。あの人、この先、わりと大きな仕事につくはずなんだけど、大丈夫なのかしらって、心配になるわ。だって、いろんな鬱屈《うっくつ》を抱えているようだし」

「鬱屈？」

「そうよ。距離を置いたことで、彼のことをいろいろと思い出すの。冷静になって彼の立場を想像してみたら、見えてきたものがある。――きっと彼は、寂しかったのね」

婚約者としてイザベラは王宮にも出入りし、王の家族とも親しく食事をしたり、王宮での行事にも出席したりしてきた。そんな中で、サミュエルが置かれた人間関係を理解した。

「彼には弟がいるの。頭が良くて、芸術的な才能もすごいの。婚約者は乳母に育てられたんだけど、弟は病弱だったから、特別に母親に育てられたのね。母に甘えたかった彼は、そんな弟がとてもうらやましかったんだと思うの」

言葉にすることで、自分がサミュエルをそんなふうに理解していたのがわかる。だが、事情を察したところで、イザベラは何もしてこなかった。

そんな反省を抱えながら、イザベラは続ける。

「彼は両親に、弟よりも自分がすごい、って誇示したかったんだろうな、って今になってみると思うのよ。そうすることで、弟より自分を見てもらいたかったの。だから、虚勢を張るの。自分を強く見せようとして、傲慢な人になってたのかも」

ウィリアムに語るというよりも、自分で自分を納得させるような感じで口にしていると、柔らかく髪を撫でられた。

「すごい…な。……婚約者自身も、こんなふうに分析されるとは思ってなかっただろうな。婚約者に、どうしてその話をしなかった？　自分でも自覚がなかったことを指摘されるのは、……苦痛でもあるが、ある意味、快感でもある」

そんな反応に、イザベラは少し笑った。

「あなたなら聞いてくれるかもしれないけど、……あの人は無理よ。わたしの話なんてまともに聞こうとしないもの。一度おかしくなった歯車は、直しようがないの。わたしも未熟だから、だんだんとあの人にどう接していいのかわからなくなった。表面上の傲慢な態度に腹を立てて、何かとプンプンしてたの」

　サミュエルのことを思い出すと、胸が痛くなってくる。

　最初は憧れていた。初めてダンスを踊ったときには、ひどく嬉しかった。だけど、次第に関係は冷えた。

　それでも長い時間、一緒にいたのだ。イザベラにとって、一番身近な異性だった。父よりも。

「もう、こんな話、止めるわね」

　買った娼婦に、昔の男の話をされて愉快であるはずがない。そう言って切り上げようとしたのに、ウィリアムに引き止められた。

「いやいい、続けてくれ、気になる。……何か、少しでも良いところはなかったのか。その婚約者には」

　どうして話を聞き出そうとするのか不思議だったが、もしかしたらこういうことを通じて女心を理解したいのかもしれないと思い直した。

「そうね。わたしとはあまり関係がよくなかったから、……いい思い出はないわ。ああ、でも、婚約したばかりのとき。わたしが熱を出して、寮……庶民の学校でも、やたらと人をごっそり詰めこんだ寮はあるのよ。そこで一人で寝ていたら、彼がお見舞いに来てくれたの」

　自分が元伯爵令嬢だとか、彼が王太子だとかバレてはいけない。

　王立学園のことを、庶民レベルの学校の話にしてイザベラは話す。

「彼がお見舞いに来たのか」

わずかに、ウィリアムの声が弾《はず》んだ。ずっと彼が、サミュエルに感情移入して聞いているようなところが、イザベラには引っかかってならない。

「そのときに、プレゼントを持ってきてくれたんだけど。こっちはぐったりしていて、身体を起こすのもやっとな状態なのよ。なのに、お水に浸《つ》けなければ枯れてしまうお花とか、絶対に胃もたれして、食べられそうもないこってりとしたお菓子をくれたの。……それに、気分が晴れるだろうと言われて、綺麗な装身具やドレスをもらったの。帽子も。元気になったときにはこれを着て、遊びに出かけようと言われたの。高熱を出して、ふらついている真っ最中に」

「……彼は元気を出してもらいたかっただけだと思うが」

「正直なところ、わたしは額《ひたい》を濡れたタオルで、ひんやり冷やしてもらえるだけでよかったわ。食べたかったのは、消化によさそうなパン粥《がゆ》とかだったの」

まるで気が利かない。そのときに、イザベラは心底がっかりして、幻滅したのだ。

それが、イザベラの声からウィリアムにも伝わったらしい。

「こんなふうにあらためて聞くと、その男にはまるっきりいいところがないな」

やっちまった、とばかりにつぶやかれる。ウィリアムの前でサミュエルの悪いところばかりを指摘したのが気になって、イザベラは懸命にサミュエルのいいところを探そうとした。

しばらく記憶をひっくり返してみたら、ようやく一つだけ思い当たった。

「……だけどね。彼は全く役に立たないものをどっさりくれた後で、わたしが苦しそうにしているのを見て、急にしょんぼりしたの。ベッドサイドに椅子を持ってきて、手を握ってくれたわ」

「手を？　ただ握るだけか？」

「そう。握るだけ。額に冷たく絞《しぼ》った布を置いてくれるわけでもなく、ただ途方にくれたように、わたしの手を握ったの。……役に立たなかったわ。わたしはそんな彼に、病気がうつるかもしれないから、もう帰っていいわよ、ってつっけんどんに言ってしまったの」

　この世界では、感染が命取りとなることもある。

　たぶん風邪だとはイザベラは思っていたものの、悪い病気であることも考えて言ったのだ。

「だけどね、彼は帰ろうとはしなかったの。いくら説得しても、大丈夫だ。俺はうつらないって、やたらと自信たっぷりだった。本当に煩わしかったんだけど、……不思議と、嬉しかったの」

「嬉しかった？」

「そうよ。たぶん熱を出して、わたしは心細かったのね。ただ手を握ってもらってるだけなのに、不思議と、……落ち着いて。眠ったわ」

　考えなしの、自信過剰なバカ。イザベラがサミュエルに対して抱いている感情は、その類のものだ。

傲慢すぎるところが目について、辟易《へきえき》としていた。見かけが本当にきらびやかでまぶしかっただけに、近づけない存在でもあった。

――だけど、本当にサミュエルはそれだけだったの？

あらためてサミュエルのことを思い出していると、いいところはもっとあったのではなかったか、と思えてくる。

だが、イザベラは彼の良いところを見ようとしなかった。ただ先入観だけで避けてきた。きっとサミュエルにも、いいところはあったのだ。

もはや、その失敗は取り戻せない。すでに全部、終わってしまったのだから。

イザベラはウィリアムの腕の中で、泣きだしそうになっていた。

「だけど、……振られちゃったのよ」

「振られてよかったんだ、そんな男なんて」

ウィリアムの声は静かだ。イザベラの髪をそっと撫でながら、言ってくれる。

「これから、もっといい男が現れる」

それはウィリアムのことを指しているのだろうか。確かにウィリアムのほうがいい男だ。だけど、サミュエルのことを考えると、どうしてこんなにも胸が痛くなるのかわからない。

今さらながらに、恋しくなる。彼のいいところをもっと見つけてあげられればよかった。優しくしてあげたかった。

こんなにも感傷的な気分でいるのをウィリアムに知られないようにゆっくりと息を吸いこんでから、声が震えないようにイザベラは言った。

「いい男なんて、現れっこないわ。わたしは、娼婦よ」

ウィリアムに入れあげすぎてもならない。

好きになっても、苦しむだけだ。

金で買われた関係は、きっといつか終わる。

第五章

『……わたし、ね。婚約してたの。破棄されたんだけど、相手はすっごく傲慢な男でね』

そんなふうにイザベラから言われた言葉が、ウィリアムことサミュエルの胸にグサリと突き刺さっていた。

それまでは、あの娼婦がイザベラだという確信はなかった。あまりに似すぎているから、錯覚しそうになったことはあるものの、確信があったわけではない。

だが、彼女が元婚約者とのことを吐露したことによって、イザベラだとわかった。

——にしても、……傲慢な男か。

自分を客観視したことがなかっただけに、イザベラの言葉は何かと衝撃的だった。

イザベラが熱を出したという知らせを聞いて、寮に見舞いに行ったことも思い出す。

寝こんでいるという彼女を元気づけようといろいろ持っていったのだが、役に立たないものばかりだったと、今さらながらに反省がこみあげてくる。だが、よく覚えているものだ。

サミュエルが選んだのは、確かに自分が楽しくなるだけの品だった。花にドレス。装身具。

病気で苦しむ彼女の立場になって、お見舞いの品を選んではいなかった。

王宮に向かう馬車の中で、サミュエルは乱れた髪を手ぐしで掻《か》き上げる。

グッドウエーズリー家に潜入させた内偵者からの連絡は、ないままだ。深窓のお嬢様と新入りの使用人が顔を合わせる機会はなく、まだ何の情報も得られていないのだろう。

——報告を聞かなくとも、あの娼婦がイザベラだとわかった。だが、……どうして娼婦に？

そのあたりのいきさつが、まるでわからない。

たまたま初日にサミュエルが買うことができたから良かったものの、見知らぬ赤の他人に身を売ることになっていた可能性もあるのだ。グッドウエーズリー家が金銭的に困っているという話は聞いたことがないし、その可能性も少ないだろう。行方が知れないのだったら、グッドウエーズリー家が探さないはずがない。

だが、サミュエルをより混乱させているのは、イザベラから聞いた自分の姿だ。

イザベラが口にしたのは、過去の自分の言動に照らしてもっともだと思える話ばかりだった。

自分がそんなふうにイザベラの目に見えていたのだと思うと、恥ずかしさに全身が熱くなる。

弟にコンプレックスを抱いていると自覚したことはなかったが、弟が乳母ではなく、母に育てられたと知ったときには、ひどくモヤモヤした。

弟が母に甘えるたびに、やけにいらついた。確かにあれは、紛れもなく嫉妬だ。弟よりも自分のほうが優秀なのだと見せつけたくて、何かと褒めて褒めて、という幼稚な行動をとり続けていたような気がしてならない。そんな態度が、イザベラの鼻についていたのだろう。

——イサベラは、俺の中にあった弟への劣等感まで見抜いていたのか。

サミュエルはいたたまれなくなって、手で顔を覆った。

イザベラとデートのとき、彼女がいつまでも家にこなかったから、ひどく腹を立てて外に遊びに行ったこともあった。イザベラが何故遅れたのか、聞こうともしなかった。

いつでも他人に一番に扱われなければ、気が済まない性格だった。

周囲の人間は自分を引き立たせるために存在しているのであり、自分は全ての人の上に立って輝く。

そんなふうに思ってはいる。自分は王になる人間だから、その考えがなまじ間違っているとも思えない。

それでも、じわじわと身体が熱くなるのは羞恥からだ。あそこまで容赦なく指摘されたのは初めてで、おかげで自分がどんなふうに見られているのか、気がついた。

一度その客観性を手にいれると、今までのようには到底振る舞えない。傲慢な自分を恥ずかしいと思ってしまう。こんなのは、初めての体験だった。

——なんて、……ことだ。

あのようなことを直接自分に言った人間はいなかった。言われなかったからこそ、気づかなかった。

——思いやり。客観性。他人の立場に立って、ものを考えること。

深く反省するのと同時に、変わりたいと願う。さらに引っかかるのは、どうしてそこまで他人を見抜ける賢いイザベラが、王立学園から追放されるような愚かなことをしたのか、ということだった。

イザベラはアンジェラを毒殺しようとしたのだ。

——それだけ、アンジェラが邪魔だった？　アンジェラが自分の婚約者を横取りしようとしたから、腹を立てた……？

だが、娼館で会ったイザベラは、王太子の婚約者であったことや、伯爵令嬢の地位などにまるでこだわってはいなかった。

むしろ、王立学園で見たときとは別人のようにサバサバして、言いたいことを歯に衣《きぬ》着せずに言ってくる。

そんなイザベラがしたという悪事を、サミュエルは逐一《ちくいち》思い出してみる。

——最初はアンジェラの悪口を言いふらして、女子の中で孤立させた、ということだった。

それに、生徒会副会長であるイザベラが裏工作をして、生徒会主催のダンスパーティにアンジェラを呼ばせないようにした嫌疑がかけられている。

それでもアンジェラがサミュエルに直接訴えたので、ダンスパーティに出席できることになった。そのときには、サミュエルがアンジェラに贈ったドレスにイザベラが色の濃い飲み物をぶちまけ、ドレスを台無しにしたという嫌疑がある。

アンジェラは慎《つつ》ましやかで内気だから、この事実をアンジェラ本人から全部聞き出せたわけではない。

むしろアンジェラは、イザベラをかばおうとさえしていた。だから、これらの事情はサミュエルが事情に詳しそうな女子を呼び出して聞いた内容を総合的につなぎ合わせて、判断していったものだ。

その判断に間違いはないつもりだったが、果たしてそれが本当に正しかったのかと、今さらながらに疑問が湧きあがってくる。

イザベラの目に映っていた自分の姿は、あまりにも違っていた。だからこそ、物事を別の角度からも、見る必要があるのではないかと思えてきた。

――だとしたら、いったい何が真実だ……？

モヤモヤとした気持ちが消えなくなった。

もともとイザベラとはうまくいっていなかった。彼女はサミュエルの前では冷ややかで、心まで凍《い》てついた氷の女だと思っていた。

それでも王太子の婚約者の地位に固執するあまり、アンジェラに嫌がらせをしてきたのだと思いこんでいたのだが、イザベラがアンジェラ毒殺に手を下《くだ》していないなんてことがあり得るのだろうか。

——アンジェラに俺が心を惹かれるようになったのは、彼女が孤立無援で寂しがっていたからだ。それと何かと彼女をかばうことが重なり、すがりつかれることで俺で満たされた。

それが、何か庇護するものを求めていたサミュエルの心の空白に、ぴたりとはまったのかもしれない。

自分は両親に認めてもらいたかったのだと、イザベラに指摘された。とにかく褒められ、弟よりもすごいと思われたかった。自分はその欲望を、アンジェラに褒められることで満たそうとしたのではないか。

——そんなふうにアンジェラも見抜いて、俺の心に入りこんできたとしたらどうだ？　全てがアンジェラの、自作自演だとしたら？

アンジェラへの疑いが初めて頭をもたげ、ぞわっとした悪寒《おかん》がサミュエルの背筋を駆け抜ける。無意識にアンジェラへの違和感を抱えこんでいたせいなのか、想像が後押しされる。

新しい婚約者相手に、これは不実だ。ただの思考上のお遊びだと自分に言い訳しながらも、サミュエルはなおも考えてみる。

——アンジェラが人を使って、イザベラの悪事が俺の耳に入るようにしていたとしたら。そうすることで、俺がイザベラを疎ましく思うようになったという筋は通るか？

当時、イザベラの悪事の情報を聞くのは、ある意味、サミュエルの心に爽快《そうかい》感すらもたらした。

何せ、ずっと好感を抱いていなかったイザベラを、これで堂々と嫌うことができるのだ。嫌うことに正当な理由が得られる。

そして、自分をひたむきに頼ってくるアンジェラの存在が、どれだけ甘美であったことか。

――俺がおまえを守る、と言ったとき、アンジェラは目に涙を浮かべてすがりついてきた。

あのとき、何だかひどく感動した。誰かを守ることが、こんなにも気持ちいいとは知らなかった。だから、……イザベラを捨てて、アンジェラを守ろう、と思ったんだ。

だからこそ、あと少しでアンジェラが毒殺されるところだったと知った瞬間、サミュエルは爆発したのだ。

それもあって、ただ数人の証言だけが全てとなる状態で、イザベラを断罪したのではなかったか。しっかりと証拠を握ったわけではなかった。

あのときの自分はひどく興奮していた。イザベラに今までの鬱憤をぶつけることに酔っていた。もしかしたら、ずっとサミュエルは心の中で叫んでいたのだ。

婚約者であるイザベラに、自分を愛して欲しい。自分を認めて欲しいと。

その願いはかなわず、イザベラは日に日に冷ややかになるばかりだった。だからこそ、サミュエルのほうからイザベラを切り捨てることにした。そうできたことに、爽快感を得ていた。

あのときの自分は、ひどく幼稚だった。

そして、冷静になって気がつくのが、やりすぎたのではないかということだ。

――王太子の権限として、俺は王不在時の直轄領での裁判権を持っている。俺はイザベラに死刑を宣告することもできたはずだが、伯爵令嬢の地位を剥奪し、学園から追放するだけで終わりにした。

それは寛大な措置《そち》だと、そのときの自分は権力を濫用《らんよう》しない自分に酔っていた。だが、法による裁きは過去の判例をよりどころにしており、裁判権を持つ者でも完全に自由にできるものではない。

だからだろうか。法体系の秩序の維持について特別な役割を持っている王立裁判所から、このときのサミュエルの判断について、調査が来ていた。

――つまりは、やりすぎ、ということだ。

しっかりとした証拠も握っていない状態で、どうしてあれほどの過酷な判決をしてしまったのか。

じっくりと思い出してみると、アンジェラによる入れ知恵があったような気がする。アンジェラにいいところを見せたくて、その提案を鵜呑《うの》みにしてしまった。今となればあらためてあの判決の根拠について、考え直したい気がしてくる。

裁判所の調査員が学園に入ることを許し、裁判権を託《たく》すという方法があった。そうすれば、公正な裁判をやり直すこともできる。

だが、王立裁判所の介入を、サミュエルなら突っぱねることもできる。拒絶すべきか、受け入れるべきかの二択だが、今としては彼らに調査をやり直させたほうがいいのではないか、と思えてくる。

王立裁判所がこの件に介入しようとしているのは、おそらくグッドウエーズリー家からの申し立てもあったからに違いない。国境付近で巨大な軍事力を展開しているグッドウエーズリー家の力はバカにならない。

巨大な力を持つがゆえに、常に従順に振る舞ってはいるものの、本気でグッドウエーズリー家を怒らせてはならない、という認識は、歴代の王室にあるはずだ。内乱になったら、王家が倒されるほどの軍事力があるのだ。

――だからこその、グッドウエーズリー家の令嬢との婚約。それを俺は破棄して、なおかつその令嬢を追放した。王の留守に。

愛する女――アンジェラを守り抜くために、激情に駆られていたのだが、自分がしでかしたことの重大さが、今ごろになって身に染みてくる。

父である王の耳に、自分のこの愚行《ぐこう》は届いているだろうか。

今になって、サミュエルはアンジェラを殺されそうになった怒りのあまり、我を失っていたことを後悔し始めていた。

「王立裁判所が、……例の件を極秘に調べ直しています」

そんな密やかなささやきを受けて、天使のような微笑みを浮かべていたアンジェラは真顔に戻った。

愛らしい顔立ちに、邪気のない笑顔。

清らかな乙女を演出するために普段は作り笑顔を絶やさないのだが、今、部屋に残っているのは、アンジェラの裏の顔を知りつくした相手だけだ。そのような配慮をすることもない。

「どういうこと?」

声もずっと低くなる。

「例の、……伯爵令嬢の件です。伯爵家から追放されたところを、そのまま娼館にたたき売れというご命令でしたが、……さすがにグッドウエーズリー家から抗議があったようで、王立裁判所が極秘に動き始めております。卒業式後に自宅に戻った王立学園の生徒たちを一人一人訪ね、事情を聞き出しているとか」

「そう」

うきうきと宝飾品を見定めていた手が止まる。アンジェラは背筋に冷たいものが走るのを感じた。

うまくいったと思っていた。

ずっとアンジェラは贅沢な暮らしを夢みていた。だからこそ、王立学園で将来的にはこの国の一番の権力者となるサミュエルの心を射止め、婚約者になれたときには最高に興奮した。

男の心を奪うことなど簡単だ。相手をしっかりと観察し、その心に寄りそうような言葉を重ねて、あなたはすごいのだとうぬぼれさせてやればいい。

アンジェラと一緒にいることで、男は無限の万能感を得る。気持ちよさから逃れられなくなる。アンジェラはその快感を与えることができる女だ。

――心に欠落した部分を持っている男ほど、堕《お》としやすいのよね。

だが、サミュエルにはすでに婚約者がいた。彼を自分のものにするためには、婚約者であるイザベラを追い落とさなければならなかった。

そのために、いろいろな手を使った。

今さらあの件について根掘り葉掘り調べ直されたら、小さなほころびから真相が露呈する可能性もあるだろう。

――だって、イザベラは堂々としていて、何の悪事も働かなかったんですもの。

さんざん言葉で挑発《ちょうはつ》して、平手打ちの一つもさせようと煽《あお》ったこともあったのだが、無言で部屋を出ていかれるだけだったのだ。

そんなイザベラが相手だったから、策を講じるしかない。

王立裁判所が動いているという知らせに一気に肝が冷えたが、気になるのはその理由だった。

――まずは、サミュエルさまがどうしてあの件について調べ直すのを許したのか、ということよね。

いくらグッドウエーズリー家からの抗議があったとしても、サミュエルの許可がなければ、ことは動かない。全てはサミュエルの気持ち次第だ。

だからこそ、サミュエルにその真意を尋ね、王立裁判所の介入を阻止《そし》するようにおねだりしておく必要があるのだろう。

そう判断したアンジェラは、サミュエルと会うために部屋を出た。

今、アンジェラが住んでいるのは、王城の一角だ。王立学園は卒業したものの、王太子の婚約者としてふさわしくなるために、マナー面を徹底的に叩きこむ特別レッスンを受けている最中だ。

アンジェラは国の北部にある貧しい男爵家の生まれだ。

その男爵家があったのは、僻地《へきち》だった。

肥沃《ひよく》な南部と対照的に、北部は痩せ地が目立つ。荒れ地でも育つジャガイモが主食だったが、歴史的な飢饉《ききん》が過去には何度も襲ってきた過酷な地だ。

幼いころ、アンジェラの脳裏に鮮烈に残っている記憶は、もっと食べたくて地面を掘り、木々の根や昆虫を探していたことだ。

そのときも、深刻な飢饉が北部全体を襲っており、アンジェラの父も近隣の領主と共に当時の王に助けを求める訴えを行ったそうだ。だが、まともに取り合われなかったらしい。

『これは嘘でも、大げさに言っているのでもありません。まずは現地に足をお運びになり、領民の苦しみを見てくださいませ』

アンジェラの父はそのように訴えたのだが、多忙な王は無視した。贅沢な宴会に明け暮れた。その年と、続いた翌年の飢饉で、男爵領の領民は半数ほどに減ったそうだ。

男爵家の領地はひどく荒廃し、アンジェラも教育どころではなく育った記憶がある。

だが、王が代替わりしたころ、男爵家に転機が訪れた。産業革命が進み、領地内で採れる良質の石炭が高値で取り引きされるようになったからだ。

それによって、一気に男爵家の生活は浮上した。アンジェラにも教育の機会が与えられ、ひたすら夢みていた王立学園への入学も考えられるほどになった。

それでも王都は遠く、入学のための推薦《すいせん》状も得られない。だが、あるときから見えざる神の意志が働いていたようにとんとん拍子にことが運び、アンジェラは王立学園の中途入学を許された。

身分の高い学友たちに囲まれて、この国の貴族教育を受けることになったものの、アンジェラは僻地育ちの化けの皮が剥《は》がれないように、必死で努力しなければならなかった。

中でも苛立つほどに完璧なマナーを見せつけ、成績も良く、美しすぎて目についたのは、イザベラだった。

おそらく正攻法では、あの元婚約者から王太子を奪い取ることは不可能だったはずだ。

――だけど、……王立学園の生徒はみんな生まれが貴《とうと》いから、騙《だま》されやすいのよね。

人に騙されたことも、額に汗して働いたこともない、箱入りばかり。深刻な飢えも知らない。

だから、アンジェラが目に涙を浮かべて同情を誘う話をしただけで、みんなころっと騙された。

次第に、イザベラのことを悪く言うようになった。

どうあがいてもかなわないイザベラの能力を日々見せつけられることで、生徒たちも形にならない鬱憤《うつぷん》を抱えこんでいたのだろう。アンジェラは彼らの心にあった感情に火をつけ、煽っただけだ。

彼らはアンジェラの嘘を信じこみ、イザベラは嫌な女だと思いこみ、吹聴《ふいちょう》した。

一番簡単だったのは、サミュエルだ。

サミュエルはもともと、イザベラを少し煙たく思っていたところがあったようだ。泣きついてプライドをくすぐると、コロッとアンジェラに心変わりした。

――だけど、そのサミュエル殿下が、いったいどういうことなの……？

アンジェラは王城内を早足で急ぐ。

ここはひどく広く、豪華だ。

サミュエルやアンジェラが住むこの東翼《とうよく》を横断するだけでもかなりの距離を歩かなければならない。

サミュエルの部屋に向かう回廊から、手入れの行き届いた庭や、精緻な彫刻が施された円柱が見える。そこを透かして見上げる塔は、惚れ惚れするほど見事だった。

田舎には帰りたくない。自分はこの王城に住み、王妃となって人生を謳歌《おうか》する。そのために、サミュエルの心を手放すわけにはいかない。何故、今さらになって王立裁判所が動きだしたのかわからない。

イザベラはサミュエルの部屋までたどり着くと、出てきた従僕に彼への取り次ぎを頼んだ。

「サミュエル殿下は、出かけられております」

だが、従僕は慇懃《いんぎん》に、そう答えてきた。

食い下がってみたが、どこに行ったのかはわからないそうだ。このところサミュエルはよく夜間に出かけていって、昼間は眠っていることが多いというところまで聞き出した。

思い出してみれば、サミュエルの姿をあまり王城では見かけなかった。だが、アンジェラもお妃教育で忙しかったから、そのことについては何ら疑問を抱かずにきた。

だが、ここ一週間ぐらい、顔を合わせていないのではないだろうか。

「サミュエルさまが戻ってこられるのは、いつなの?」

少しだけ尖った声で、アンジェラは直立不動の従僕への質問を重ねた。

「おそらく、もうじきお戻りになるのではないか、と」

アンジェラはぐるりと首を巡らせて、太陽の位置を確認する。そろそろ昼が近い。

このまま自室に戻っても、すれ違いが続くばかりだ。また出直すのも面倒だと考えたアンジェラは、サミュエルの部屋で待つことにした。

「だったら、中で待たせてもらうわ。お茶を運んでくれる？」

アンジェラはそう伝えて、サミュエルの部屋の中に入りこんだ。

入ってすぐの部屋は、来客用としても使われる。その部屋のソファに腰を下ろし、運ばれてきたお茶とお菓子を前に、しばしぼんやりとした。だけど、気になるのは、サミュエルのことだ。

――毎日、夜間に出かけているなんて、あの人、何をしてるの……？

イザベラを追い出し、王太子と婚約できたことに自分は安心しすぎていたのだろうか。

だが、来月には初めて王族と顔を合わせることとなる。国外に出ている王と王妃が、揃《そろ》って戻ってくる予定なのだ。

帰国を祝うパーティの席で、アンジェラはサミュエルの婚約者として紹介されることになるだろう。そこで完璧なマナーを披露して、王と王妃に気に入られなければならない。

だが、そこで二人を籠絡《ろうらく》できたら、イザベラとの婚約破棄の件でグッドウエーズリー家がどれだけ騒ごうとも気にすることはない。

──人をたぶらかすのは、得意よ。人が何に弱いのか、どんなところを褒められたがっているのか、なんとなくわかるもの。

それは、幼いころから人の顔色をうかがって生きてきたからかもしれない。より多くの食糧を得るために、より良い境遇を得るために、アンジェラは媚びへつらうことを覚えた。

上流階級の人々の中にいるとなおさら、その特技がひどく役立つことを思い知らされる。

──今ごろ、イザベラはどうしているのかしらね。

地獄に突き落とした相手のことを思い出して、アンジェラはクスリと笑った。

イザベラはアンジェラにとって、目の上のたんこぶだった。ただの小娘ではあったが、何もかも達観したような目をすることがある。アンジェラの画策《かくさく》も、全て見抜いているのではないかと、ゾッとしたこともあった。

──だけど、たぶん、全部気のせい。わたしにも、ちょっとだけ人の心が残っていたから、そんなふうに見えただけなの。

それでも、ここに至ってアンジェラはざわざわと血が騒ぐような不安を覚えずにはいられない。何せ王立裁判所が動いているのだ。

心を落ち着かせるために時間をかけてお茶を飲み、お菓子も食べてサミュエルの帰りを待っていたのだが、なかなか戻ってくる気配がない。

さては従僕が適当なことを言ったのかと、だんだんとイライラして来た。いったいサミュエルは、毎晩どこに出かけているのか考えてみたのだが、心あたりがなくて、さらに落ち着かなくなった。

──毎晩、……ってことは、他にいい人ができたの？

そうとは限らない。夜っぴいてのポーカーや会員制のクラブ通いなど、いくらでも時間を奪う集まりはあった。

だが、連日の夜遊びを無視することもできず、アンジェラはソファからそっと立ち上がった。

この横の部屋が、サミュエルの私室だ。

相手を籠絡するためには、情報が不可欠だ。だからこそ、今はサミュエルの私室に入りこみ、夜遊びのヒントになるものはないか、探っておきたい。

ゆっくりと周囲を見回し、従僕の気配がないことを確認してから、アンジェラはサミュエルの私室に通じるドアを押す。万が一、見つかったときの言い逃れを頭の中に思い浮かべていた。

『しばらく会えなくて、……寂しくて』

それで、ベッドに忍んできたと伝えればいい。

──そろそろ、身体の関係を結んでもいいころだと思うのよね。

そちらの関係さえ結んでおけば、サミュエルは自分に夢中になる。そんなことを考えながら、アンジェラは入りこんだ室内を見回した。

最高級の家具がずらりと並んだ部屋の中で机に近づき、置かれているものを一通り確認してから、クローゼットやベッドがある奥の部屋まで入りこむ。

——特に、変わった様子はないようだけど。

だが、クローゼットの中の衣服を一着一着見ていったアンジェラは、ふと眉を寄せた。

——あら。これ、何よ？

そこに、マスクがあった。

仮面舞踏会用のマスクのようだ。仮面舞踏会は身分を隠しての、男女のいかがわしい出会いに使われることも多い。

サミュエルはもしかして、そこで誰かと出会って入れこんでいるのだろうか。そう思うと、モヤモヤしてきた。

アンジェラはそっと手を伸ばして、マスクを手に取ってみた。

未使用ではない。マスクが何度も使われているのが、少し柔らかくなった縁の感触などからわかる。

——あの人は、仮面舞踏会にはまってるの？　だったら、今度連れていって欲しいと、おねだりしてみようかしら。

そんなふうに考えながら、アンジェラはクローゼットに並んでいた衣服も眺めてみたが、少し考えこんだ後でため息をついた。

――うーん……。これは、仮面舞踏会の衣装ではないかも。

仮面舞踏会のときには少し変わった派手な衣装が好まれるのだが、ここにある衣装は、そこまで奇抜なものではない。

――ってことは。

仮面をつけて出かける先は、もう一カ所あった。

安い娼婦は街角で買えるのだが、高級娼婦を集めた色町、というものが、この王都の外れにある。

敷居が高く、貴族でないと遊べない高級な娼館ばかりだ。独身男がそこで遊ぶのは粋とされてはいたが、まさかサミュエルはそこに通っているのだろうか。そう思うと、アンジェラはいてもたってもいられなくなった。

――だって、……あの女もそこにいるから……！

万が一、バッタリと顔を合わせたら、どんなことになるのだろうか。

アンジェラは無言でクローゼットを閉じ、誰にも見つかることなくサミュエルの部屋から抜け出した。自分の部屋に早足で向かう。だが、表情が強ばってしまい、途中ですれ違った従僕に笑顔も向けられない。

心臓が胸の中でバクバク鳴り響いていた。

王立裁判所の動きも気になるが、それより先に調べなければならないのはサミュエルの行方のほうだ。彼が毎晩、どこに出かけて、誰に会っているのか。そのことをしっかりと把握しておかなければならない。

不安のあまり、眩暈《めまい》がした。

人生楽勝だと思っていた。田舎出の男爵令嬢に過ぎない自分が、神の見えざる手に導かれてでもいるように、とんとん拍子で王太子を籠絡し、婚約者の地位を得た。

だが、ここに至って何かが狂いかけている。

人を陥れるのは容易ではないのだと、アンジェラはひしひしと思い知っていた。

第六章

「ん、……っぁ、……あ……っ」

ぴちゃ、ぴちゃ、と密やかな水音に合わせて、イザベラはびくっと腰を震わせた。ベッドの上で四《よ》つん這《ば》いにされ、お尻だけを突き出す形で、秘められたところを下からウィリアムに舐められているのだ。

足の間に、ウィリアムの顔がある。

ウィリアムとは頭の位置が逆になる形となり、その足でまたいだウィリアムの顔に腰を落としている。

どうしてこんな体位にさせられているのか、イザベラにはよくわからない。

最初は後ろから舐められていたはずだが、いろいろあがいているうちに、さらに恥ずかしい格好にさせられてしまったのではなかったか。

——それに、目隠しもされてる……。

ウィリアムのマスクを拒《こば》んだせいもあり、今日はイザベラが黒い布で目隠しをされていた。

「っ……っぁ、……っ」

秘められた亀裂を、ウィリアムの生暖かい弾力のある舌が、その長さ全部を使ってまんべんなく舐めあげていく。舌の感触を感じ取るたびに、全身がぞくぞくと震えた。

舌がその部分で蠢《うごめ》くだけで気持ちがよくて、口が開く。唾液が滴《したた》りそうになるのをどうにかてのひらで受け止めたが、甘い声が漏れるのを我慢するのは不可能だ。

下のほうもたっぷりと滴っているはずだが、それを片っ端からウィリアムに舐めとられていく。

「……っん、……ん、ん……っ」

あまりに感じすぎて腰が落ちると、余計に舐めやすくなったのか、ウィリアムの指先が亀裂を広げ、剥き出しにした粘膜を舐めた。

おかしくなりそうなぐらい、ひちゃひちゃとそこを舐められた後で、さらに舌先は陰核にまで移動していく。そこに舌先を押しつけられ、唾液を塗りつけるように舐め転がされると、もうたまらなかった。

「っんぁ！」

そこの刺激に、イザベラは弱い。

ただ舌がそこに押しつけられただけで腰が浮いてしまいそうになったのだが、ウィリアムは太腿をがっしりとつかんで、より引き落としてくる。

下からちゅっと吸いつかれ、ダイレクトに響いた快感に、腰が跳ね上がった。

「……ん、ん、ん……っ」

イザベラは必死で唇を噛んで、濃厚に流しこまれてくる快感に耐えようとした。だけど、刺激を受け止めるたびに陰核が存在感を増して、ますます舐めやすくなっているのかもしれない。

舌の動きは大胆さを増し、受け止める快感も増す。

ウィリアムの口はたまに亀裂のほうに移動して、あふれる蜜をすすった。さらに亀裂を指で押し広げられて、舐められる。

柔らかな入り口のあたりの粘膜を、弾力のある舌で押し広げられた。

「……ん……っ」

腰をまともに支えていられなくなったころ、指が中に入ってきた。

ずっと舌によるつかみどころのない刺激を与えられていただけに、指によるしっかりとした刺激が全身に強く響く。深くまでくぷくぷと指でうがたれて、身体の芯が甘く溶けていく。

「っあ……」

硬い指の感触を確かめようとするかのように、襞がきゅうっとからみついた。それに、陰核を舌にそっと押しつぶされる刺激が混じるのだから、たまったものではなかった。

「っん、ぁあ！」

快感が体内で重なる。ゆっくりと指を動かされながら、そこを舌で転がされる快感がすごい。

おかしくなるぐらいに感じて、太腿がガクガクと震えてきた。

「すごく、指にからみつくな。……やはり、ここで感じるのか」

確かめるように陰核を吸われ、ぬるぬるに溶けた中に指を二本に増やされた。そこを軽く吸われるたびに息が詰まって、中にぎゅっと力がこもる。

「っぁ……っん、あ……っ」

この娼館に売られてから、二週間だ。

その間、ずっとウィリアムがイザベラを買ってくれている。

たまに何らかの用事があって来られないこともあったが、ジェームズに事前に伝えて、他の男にイザベラを買わせないようにしておいてくれるらしい。

今日は行けないという伝言とともに花や菓子が届けられ、それを受け取るたびにイザベラはひどくドキドキした。

――嬉しい。

だけど、嬉しければ嬉しいほど、この愛を失ったときのことを考えてしまう。

ウィリアム専用の身体にされて、肌を合わせる気持ちよさも、キスするときの幸福感も知った。だからこそ、いつかウィリアムの熱が冷めて、他の誰かに買われるときのことを想像しただけで、全身が冷たくなる。

――なんで、……こんなに優しくしてくれるの？

ずっとそんな疑問が消えずにいた。

イザベラは誰かと、恋愛関係に陥《おちい》ったことがない。モテない女でいた前世の記憶がそっくり残っているだけに、ウィリアムの愛が永遠に続くものだなんて信じられない。

見違えるような美女として生まれ変わったというのに、負け犬意識が消えずに残っていた。必死になってバッドエンドを回避しようとしたのに、全てのフラグをへし折られてしまった敗北感も加味しているかもしれない。

それでも、中を指で、感じやすい陰核を舌で刺激されていると、何も考えられなくなってくる。足が震えて、力が抜けそうだ。ウィリアムの顔に腰を落とさないでいるだけで精一杯になっていた。

ウィリアムの舌が蠢くたびに、その快感が中の襞までひどく響く。

そんな悦楽と戦いながら、イザベラは声を押し出した。

「っ、……今度は、……わたしが、……する……から……」

いつもしてもらってばかりだから、イザベラからもお返しがしたい。前世の、実践は伴っていないが、口淫の知識だけはある。

だが、ウィリアムは陰核を吸いあげながら、からかうように言ってきた。

「おまえが、……何をするって?」

「やってあげ……るわ。あな……たのを」

　ウィリアムに口で奉仕することを考えただけで、あふれる蜜の量が増した。それを指でぐちゃぐちゃにかき混ぜながら、ウィリアムが笑う。

「俺がしてやりたいだけだから、……必要ない。それより、このおいしそうに柔らかくひくついた部分に、……そろそろ、入れてもいいかな？」

「……いいわ」

　入れられることを思い描いただけで、身体が芯のほうから甘く痺れた。

　ウィリアムは身体を起こすと、イザベラの身体をうつ伏せにして後ろから抱き直してくる。腕も胸もベッドについてしまうほど、身体から力が抜けていた。

　ずっと放置していたのを詫びるように、背後から乳房がウィリアムのてのひらですくいあげられた。

　うつ伏せになった乳房の柔らかさを堪能するように、たぷたぷともみ上げられる。

「ツン……、ん、ん……っ」

　特に疼いていた乳首を指先でつまみ出されるのと同時に、背後からずぷりと貫かれた。ずっと待ちかねていたものが入ってくる感覚に、イザベラは喉を鳴らさずにはいられない。

「っあ、……んぁ……っ」

　乳首を弄られながら、ウィリアムのものを根元まで押しこまれる。圧迫感と、深くまで収まった感触に、息を漏らさずにはいられなかった。まだ他人の熱い肉が体内にあるのに慣れず、違和感があったが、それすら快感へと置き換わっていく。

根元までしっかりと入れてから、ウィリアムはゆっくりと動き始めた。胸に手を伸ばしているだけに、今日は少し挿入の角度が違う。

「……っは、……ぁ、……あ、あ……っ」

ずず、っと、ウィリアムの張り出した先端が中を擦りあげる。

突かれるのに合わせて、甘ったるい声が漏れてしまう。それくらい、毎日のように続けられる行為に身体が慣れつつあった。

ウィリアムの先端が感じる部分に当たると、心も身体も甘ったるく痺れた。

「ッン、……っあ……っ」

腰がぐらついたので、ベッドについていた膝の位置を変えてみる。そのせいか、次の挿入のときに、息が詰まるほど感じるところをまともにえぐられた。

「っんんっ……！」

がくがくと震えながら、強く締めつけずにはいらえない。そのせいで大きく動かせなくなったのか、ウィリアムはそこに集中的に先端を擦りつけてきた。

「っんく、……っつあ、……ああ……そこ、……ダメ……っ」

だが、ウィリアムにも余裕がなくなってきたらしい。

指の間で挟みこまれた乳首に、痛いぐらいの力が加わる。乳首に気を取られた瞬間、一気に

ウィリアムに突き上げられた。そのまま勢いを緩めることなく、叩きつけるような挿入を立て続けに受け止める。

「っつぁ、……っんぁ、……あ、あ……あっ」

前に移動しそうになる腰を引き戻されながら深い位置までえぐられるのは、苦しいぐらい気持ちがよかった。そこまで欲しがってくれるのが嬉しいという気持ちも加わり、貫かれているところを中心に、全身が溶け落ちる。

そのままイきそうになっていたのに、ギリギリのところでウィリアムがペニスを抜きとった。

「ッン！」

抜かれる衝撃に、力が抜ける。その身体を仰向けにひっくり返され、大きく足を抱えこまれて、また根元から一気に貫《つらぬ》かれた。

ほんの一呼吸ぐらいの間しか抜かれていないはずなのに、最初に入れられたときと同じぐらいの挿入感があったのは、体位が変わったためだろう。

「あっ……、あ、あっあ……」

ぬぬぬぬ、と深い位置までウィリアムのものが狭道を押し広げていくのを、イザベラは鮮明に感じ取っていた。

「……っん、……あ……っ」

絶頂寸前の状態で、また新たにリズムを刻みこまれる。

いつ達しても不思議ではないぐらい感じていた。だが、そうならないのは、目隠しされている緊張があるのと、今日はまだこの正常位での刺激に慣れていないせいだ。

「んぁ、……あ、……あ……っ」

いつもなら達しているはずの気持ちよさを遥かに超えた快感が継続して、生理的な涙があふれた。その涙も、目隠しに吸い取られる。

胸元に顔を埋められる気配を感じ取ったすぐ後に、乳首を吸いあげられた。反対側もてのひらで捕らえられ、乳首を中心に揉みこまれる。唇をつけたほうの乳首は、吸われるだけではなく、時折、甘噛みされた。

そんなふうにされると、感じすぎて腰がガクガク震えてくる。イザベラはウィリアムの腰に膝を淫らに巻きつけた。

「……っ、も、……イっちゃ……う……から」

そんなふうに訴えたのは、ウィリアムと一緒に達したかったからだ。

ウィリアムがイクまで我慢しようとしているのに、ウィリアムはイザベラの感じるところをよく知っている。知っていて、もっと感じさせようとしてくる。

「……ッン……っ」

今もウィリアムの手が伸びていったのは、乳房の付け根あたりだった。前世だったら、ブラのワイヤーがあたるところ。

乳首を吸いたてながらそのラインをそっと指先で撫でられているとやけに感じて、襞にまできゅんきゅんと響いた。

息も切れ切れにあえぎながら、イザベラは尋ねた。

「ど……して、……気持ち良く……するの……?」

自分は金で買われた娼婦だ。ウィリアムは買った側なのだから、もっと身勝手に振る舞ってもいい。

だが、ウィリアムはイザベラの乳首を吸いたてながら、優しく言ってくる。

「どうして……だろうな。今日はおまえの、……気持ちいい顔が目隠しで見えない。だから、……その分、あえがせたい……のかな」

そんな言葉とともに、ウィリアムが絶頂に向けての動きに切り替えたのがわかった。

奥を集中的にえぐられて、それとともに身体が絶頂まで駆け上がっていく。

「っん、……あ、……は、ぁ、あ、あ……っ!」

ぞくぞくっと身体が震えた。抱かれるにつれて、感じ取れる快感もより濃厚なものへと変化していく。

息ができないほど強く抱きしめられた後で、最後の突き上げを受けた。受け止めるたびに、ビクンと身体が跳ね上がる。ついにどうしようもなくて絶頂まで追い上げられたが、そのときに中でウィリアムもイったのがわかった。

息を整えていると、ウィリアムが抱擁を解き、ペニスを抜き出すのがわかる。

ゴムを使ってもらっているから、中で出されることはない。それでも、さんざん中で動かされた後だけに、まだ体内にウィリアムのものがあるような錯覚が消えない。

目隠しを外さないまま、唇を奪われる。

どんなキスも気持ち良くて、イザベラはよりウィリアムを感じ取ろうと、感覚を研ぎすませた。


いつの間にか、少し眠っていたようだ。

目を覚ますと、イザベラはウィリアムの腕枕の中で眠っていた。イザベラの目隠しは外されていたが、その代わりにウィリアムの顔にマスクが装着されているのが、枕元のランプの薄明かりでわかる。

自分の恥ずかしいところを舐めるときも、このあかりがついていたのかと思うと、あらためてすくみあがる思いだった。

それでもすっぽりと抱きすくめられていたので、甘ったるい気分になる。

——幸せ、なのよね、わたし。今……。

娼館に売られ、身を売る身分になってはいたが、好きな男とこんなふうに抱き合っていられる。

ウィリアムの気が変わって明日、姿を見せなければ、この幸福感は、好きでもない男に抱かれなければならない絶望感に入れ替わってしまうだろうけれど。

ウィリアムの感触をもっと受け止めたくて、イザベラはさらにすり寄った。

こんなふうに誰かと体温を分かち合うのが、こんなにも幸せなんて知らなかった。前世の記憶が蘇ってからというもの、ずっとイザベラは計算しながら生きてきたような気がする。

王太子に気に入られるように。バッドエンドに至るフラグをへし折るために。自分ではない自分を演じてきた。

だけど、計算は全て外れた。ゲームが終わって全てが片付いた今、ようやく本来の自分に戻れたような気がする。

――そんなふうに思えるのも、……ウィリアムがいてくれたからよ。

熱病のような恋にかかっている。

ウィリアムが毎日通ってくれるのは、とても嬉しい。だけど、どうしても気になるのは、ウィリアムの素性《すじよう》だった。

知らないままでいいと割り切ってはいたものの、好きになればなるほど、そのマスクの下の素顔が気になってたまらない。

イザベラはそっとまぶたを開いて、すぐそばにあるウィリアムの顔を凝視した。マスクがあるから目元は見えないが、頬や唇のラインが若々しい。指を伸ばして、素顔を目元までなぞってみたい。

——ハンサムじゃなくてもいいのよ。顔にひどい傷ややけどがあってもかまわないの。前に暗闇の中で顔に触れたが、肌の凹凸《おうとつ》は感じられなかった。それでも、指ではわからない何かがある可能性がある。

——でも、ウィリアムの顔じゃなくって、心に惚れたんだから。

抱かれるたびに、愛おしさがつのる。

キスを繰り返すにつれて、離れがたくなっていく。

その身分を知って、何かしようとは思わない。ただ心の中にだけ、好きな男の面影を刻んでおきたいだけだ。

ウィリアムは、深い眠りに落ちているようだった。そんなウィリアムを見て、どうしてもそのマスクの下の素顔を見たくてたまらなくなったのは、そのマスクがかなりズレていたからだ。指を伸ばしてついたら簡単に外れそうなほど、顔から浮いていた。これは、絶好のチャンスだ。イザベラの目隠しを外して、自分にマスクを装着したとき、すごく眠かったのだろうか。

——お願い。……目覚めないで。……ちょっとだけ、だから……。

イザベラはベッドに腕をつき、ゆっくりと上体を起こした。それから震える指先を、ウィリアムのマスクに向けて伸ばしていく。

鼓動が極限まで早くなっていた。

手が震えすぎたので、イザベラは途中で一度手を引っこめて、息を整えなければならなかったほどだ。ずっと視線は、ウィリアムの顔に向けられている。

あらためて手を伸ばし、マスクの端をつかんで一息で外した。

「……っ！」

そのマスクの下の顔が目に飛びこんできた途端、イザベラは大きく震えた。冷たい戦慄《せんりつ》が走り、全身から血の気が引いていく。マスクを取り落とさないでいるだけで、やっとだった。

——まさか、サミュエルさまなの？　……どう……して……。

マジマジと眺めてみたが、まつげの長いハンサムな寝顔はよく見知った男のものだった。

イザベラから伯爵令嬢の地位を剥奪し、伯爵家にいられなくさせた張本人だ。アンジェラに心を奪われて、イザベラとの婚約を破棄すると宣言した。その男が、どうして自分を娼館で金を出して買ったりするのだろうか。

どう考えても、まともな理由など思いつかない。

——弄《もてあそ》ばれた……？

真っ先に浮かんだのは、そんな思いだった。

ウィリアムの行動原理が、一気にわからなくなっていた。愛し、愛されていると思っていた。

婚約者がいるから、ウィリアムの愛は気まぐれなものであり、長続きしないものと怯えてはいたものの、それでも愛はあると思いこんでいたのだ。

だが、これでは全てがひっくり返る。

イザベラを買って抱いたのは愛とかではなく、娼婦となった女をさらにおとしめようとしたからだろうか。

毎晩、必ず買ってくれたのは、単に他の男と共有して、性病などを移されたくなかったからか。

イザベラは震える手で、どうにかマスクを元に戻した。だが、指先まで氷のように冷たくなっていた。

てのひらをぎゅうっと握りしめたが、それだけでは震えは止まらない。イザベラはその指先で顔を覆う。

――何……で……!

嘆き悲しむ気持ちでいっぱいだった。

ウィリアムのことを本当に好きになっていた。だからこそ、その正体がサミュエルだと知って、とても苦しい。

サミュエルは自分に好意を抱いていない。そのことはハッキリとわかっていた。イザベラを王立学園から追放したときの冷ややかな眼差しや、断罪するときの声の響きが、今でもくっきりと心に刻まれている。

仮面に隠されていたからわからなかっただけで、もしかして、ずっとウィリアムは自分に冷ややかな眼差しを向けていたのだろうか。それが恋する自分には見えていなかっただけか。

息が詰まった。

好きになっていた男の裏切りを知るのは、ひどく悲しい。いや、ウィリアムは裏切ったつもりもないのかもしれない。イザベラが勝手に彼に恋をして何もかも見えなくなっていただけで。だけど、胸が痛くて、張り裂けそうだ。ウィリアムこと、サミュエルに弄ばれていた。彼に何もかも奪われた。初めても、初恋も何もかも。

何かを叫びたいのに、喉が詰まって、ただ息が苦しくなるばかりだ。

娼婦になってからもずっと泣かずにいたというのに、さすがにこんなときはこらえられなかった。

じわりと涙が目からあふれて、頬を伝う。すぐそばでサミュエルが眠っていたから、必死で声を殺し、イザベラは手で顔を覆う。

泣き顔だけは見られたくなかった。ウィリアムが自分を買ったのは、きっと娼婦に身を落とした自分を笑い、弄ぶためだ。それ以外に理由など見つからない。

そんなことも知らずに脳天気に好きになり、失恋して泣くなんて惨《みじ》めだった。この姿をサミュエルに見せないでおくのが、せめてものプライドだ。

――だってわたしの涙ですら、……あなたは楽しむんでしょ……。

もはや誰も信じられない。世界に、たった一人の気持ちになった。

前世の記憶を思い出した十五歳のときから、ずっと世界に対する疎外感を抱えて生きてきた。

自分以外の人間は全て作り物で、あらかじめ予定されたストーリーをこなしているといったような。

だけど、ウィリアムと出会ったことで、孤独を忘れた。

思い浮かぶのは、ウィリアムが優しく接してくれた記憶ばかりだ。彼が毎晩、娼館に顔を見せてくれるたびに、天にも昇る気持ちになった。ティールームでトライフルを食べたこと。抱きしめられて、愛おしそうにキスをしてくれたこと。

抱きしめあい、一つになったときの一体感。

それらも全て偽りだとしたら、この先、自分は何をよりどころにして生きていけばいいのだろうか。


ふと目を覚ましたとき、サミュエルは部屋の中にぼうっとたたずむ人影を見つけた。

部屋のランプは消えていたが、朝焼けがすでに始まっていた。だが、まだその光は弱い。

彼女がたたずんでいたのは闇に溶けこみそうな部屋の端だったから、なおさらその姿は亡霊のように見えた。

サミュエルは寝起きのかすれた声で誘う。

「……こっちに」

彼女を抱きしめたい。しっとりとした肌の柔らかな感触と、その全身の質感を受け止めたい。おはようのキスがしたい。そう願ったのに、闇の中から戻ってきたのは、聞いたことがないぐらい冷ややかな声だった。

「行かないわ」

耳にしただけで、ひやりと全身が凍える。それだけの力を持った声だった。完全に心を閉ざし、他人を近づかせまいとしているような拒絶を感じ取る。

眠りにつく前には強く抱き合い、身も心も一つになったような感覚があっただけに、サミュエルはそのことに戸惑った。いったい、眠っている間に何があったのだろう。

まだ寝起きのぼんやりとした感じのまま、サミュエルはベッドの中で身じろぎをする。上体を起こすときに、マスクが少しずれているのに気づいて、かけ直した。

だが、何か言葉をかけるよりも先に、闇の中から再び氷のような声が投げかけられた。

「もうあなた、……こなくていいから。……わたしのこと、二度と買わないで。あなたがいなくても、わたしはここでしっかりやっていけるはずだわ。むしろあなたがわたしを独占するから、売れっ子になれないでいるの」

思いがけないことを言われて、何を言っているのだとポカンとした。彼女が自分が買うのを拒絶しているとは思えずにいた。

何故なら毎晩、この娼館に通い、イザベラと顔を合わせたときとき、すごく嬉しそうに微笑んでくれるのを見ているからだ。

あれは、本心からの表情に見えた。

あなたに会えて嬉しい。大好きなの。そんな感情が、ストレートに伝わってきた。

イザベラのそんな笑顔を思い出すだけで、サミュエルは落ち着かなくなる、娼館が開く夕方まで待ちきれないほどだった。毎晩のように通っていたのは、イザベラに会いたかったからだ。

なのに、それが迷惑だったと言うのだろうか。

――だけど、何で……。

マスクの下で、サミュエルの呼吸が速くなる。その真意がわからない。

凛《りん》とした、近づきがたい伯爵令嬢。それが、イザベラだった。

そんな彼女が、娼館で売れっ子になりたいなんて、本気なのだろうか。

――イザベラならこの美貌と身体で、可能かもしれないが。

今でもたまに娼館で、イザベラを買いたいとジェームズにごねている客を見かけることがある。

そのツンとすましたたたずまいが、客の心に鮮烈な印象を残すのだろう。王立学園内でも、イザベラに熱狂的な支持者がいたのを覚えている。

——だけど、……イザベラのその顔が、柔らかくほころんだ瞬間が最高なんだ。

心から愛おしいといった笑顔を向けられるのは、自分だけの特権だと思っていた。

なのに、イザベラが特権をその他大勢に明け渡そうとしているのだと実感しただけで、サミュエルは腹のあたりがカッと熱くなるような憤りを覚えた。

——絶対に、……他の男には渡したくない。

そんな思いが、強く湧きあがる。

彼女をどうしても思いとどまらせなければならない。

そう思ったとき、サミュエルは自分でもたじろぐほどの強い口調で言っていた。

「おまえなど、売れっ子になれるはずがない。愛想笑いの一つも、できない女が」

いつになく、その口調は冷ややかで皮肉気だ。

『ウィリアム』のときはそうではなかったはずなのに、イザベラがかつての冷ややかだった彼女に近い雰囲気になっていたので、条件反射的にそんなふうになってしまったのかもしれない。

ここに来たときの『ウィリアム』はサミュエルよりもあたりが柔らかだ。それについては、自覚がある。

特に演技をしていたつもりはなかったが、イザベラが今までとは別人のように気さくに話しかけてくるせいで、サミュエルの態度も自然と変わった。今までとは別の自分になれた気がした。

だけど、間違ったことを言ったつもりはない。娼館で売れっ子になるのは、生半可なことではないはずだ。それこそ、したくないご機嫌取りまでしなければならない。

イザベラに思い直して欲しいがための物言いだったが、その言葉は彼女を怒らせるだけでしかなかったようだ。

フンと鼻で笑われ、ますますきつい声で返された。

「わたしがあなたに、お愛想笑いの一つでも浮かべなかったと思うの？　素顔を見せてくれない男に、わたしが本気で惚れるとでも思ったわけ？」

それには、横っ面を叩かれたような気分になった。

——……全部、演技だと言うのか？

会いに来るたびに、イザベラが浮かべてくれた柔らかい表情が、ずっと心に残っていた。それがお愛想笑いだったはずがない。そうは思うのだが、本人から言われると確信がぐらついていく。

——そんな、……バカな……。

背筋に冷たい汗がにじんだ。イザベラの気持ちが不意に理解できなくなって、サミュエルはマスク越しに彼女を凝視した。

そこにいるのは、本当に大好きだったあの娼婦なのだろうか。

イザベラはベッドに近づき、立ったままサミュエルを睥睨《へいげい》してきた。

ぞろりと、長いガウンを羽織っている。神の極上の造形物のように整ったイザベラの顔は、記憶にあるものとまるで変わらない。しかし、表情が今までとは違っていた。ごっそり表情が抜け落ちているから、造作の良さばかりが際立っている。

どうしてそんな冷たい目で自分を見るのかと、サミュエルは叫びたくなった。

どこか哀れまれているようにも見える。だけどサミュエルが欲しいのは、そんな冷たい目ではなく、嬉しそうな、はにかんだようなイザベラの微笑みだ。

そんな笑みを浮かべると、いつでも両手でギュッと抱きしめたくなる。大好きだと伝えたくなる。そんなイザベラに戻って欲しくて、サミュエルはベッドから裸足《はだし》のまま下りた。たたずむイザベラの背後に回り、抱きしめながら髪に顔を埋める。

腕にすんなりと馴染む、ほっそりとした愛しい身体の感触は何ら変わらない。用事がない限りは二週間、毎晩のように通った。この抱き心地も、髪が頬に触れる感じも、すっかり覚えた。だけど、彼女の身体の抱き心地に違和感を覚えたのは、腕の中でイザベラが身体をひどく固くしていたからだ。

「やめて」

小さく言われたが、聞き入れることなくサミュエルは腕にますます力をこめた。

イザベラへの愛しさは身体からあふれ出しそうなのに、どうしてイザベラがいきなり態度を変えてしまったのかわからない。

キスをすれば元のイザベラに戻ってくれそうな気がして、サミュエルはその身体を反転させた。顔をのぞきこみ、唇を奪おうとする。少なくとも朝までは、この身体は金で買ったサミュエルのものだ。

だが、唇が触れた途端、強く歯を立てられた。予期していなかっただけに、驚きに全身が固まる。サミュエルが怯《ひる》んだ隙に、イザベラは肩を強く押して逃れた。

「っ！」

その衝撃よりも、こめられた気迫にサミュエルは息を詰めた。

イザベラが怒りに満ちた眼差しを、サミュエルに向けていたからだ。それを受けて、サミュエルの混乱はますますつのっていく。

――どうして……っ。

かつてはこんなふうに、イザベラから冷ややかで無関心な目で見られていた。だけど身分を隠し、肌を重ねるにつれて、だんだんと距離を縮めていけたはずだ。

サミュエルも顔を隠してウィリアムとして振る舞うことで、どこかでボタンを掛け違えたようなイザベラとの関係を、やり直すことができたような気がした。

今ではすっかりイザベラのことしか考えられなくなっているというのに、いきなりの変化がわからない。だからこそ、再びその身体を抱きしめようと腕を伸ばしたのだが、払いのけられた。

拒まれたという事実に、胸がズキズキ痛む。動けなくなったサミュエルの様子をどう見たのか、イザベラが少し焦ったように言ってきた。

「……っ、ごめんなさい、……だけど」

頭の中がぐちゃぐちゃだった。噛まれた唇もずきずき痛む。

「どう……して」

マスクの下で、サミュエルはうめいた。

初めてイザベラに会ったときのことを思い出す。サミュエルが十五歳のときだ。とても綺麗で、圧倒された。手を差し出すのも、やっとだった。

だけど、ダンスを受けてくれて、ふわっと笑ってくれたときにもとても嬉しかったのを覚えている。

親が決めた婚約相手だった。だが、自分の婚約者がこんなに綺麗な子で良かったと思った。大切にしたかった。一目惚《ひとめぼ》れだった。

それでも、イザベラにとってサミュエルは、親に押しつけられた婚約者でしかなかったのだろう。次第に、二人の関係は冷えていった。

娼館で出会い、身分と関係のない付き合いができたことで、一からやり直せると思った。なのに、どうしてこのような繰り返しになるのだろう。

どんな言葉で伝えたら、イザベラは自分の愛を受け入れてくれるのか。他の男にイザベラが抱かれるなんて許せない。その光景を想像しただけで、嫉妬に目がくらみそうになる。

なのに、彼女は本気で娼婦になろうとしているのだろうか。

第七章

失恋の痛みは、少し時間を空けてやってくる。

翌朝になって、イザベラはそのことを嫌というほど知らされた。

ひたすら昨晩の自分の行動を思い出しながら、一人反省会まで始めていた。

――何か早まったのではないかしら。何も知らないままでいれば、ウィリアムとずっといられた……？

だが、そんな器用なことは、自分にはできないとわかっていた。ウィリアムがサミュエルだとわかってもなお、今までのように振る舞うことは不可能だ。

――だとしても、せめてサミュエルにマスクの下の素顔を知ったことを告げて、どうしてわたしを買ったのか、その理由を問いただすべきだったのでは。

昨夜の自分は、混乱していた。

何かあればすぐに泣きだしてしまいそうなほど、心が弱っていた。だからこそ、あんなふうに振る舞うことしかできなかった。

しっかりと問いただした場合、どんな返事が戻ってくるかと想像してみただけで、イザベラは打ちのめされそうになる。

ただ冗談のつもりで、弄ぶだけのつもりで、娼婦に身を落としたイザベラを買っていたはずだ。それに相違はないと告白されたら、きっと耐えられない。

――だから、……これでいいの。もうあんな最低男のことなんて忘れて、ここでしたたかに生き延びる方法を考えるのよ。

だけど、サミュエルのことを思い出すたびに、じわじわと涙があふれた。

こんなにも、自分が泣き虫だったとは知らなかった。それに、これほどまでに自分が誰かを好きになれるとは知らなかった。

サミュエルの婚約者として過ごした三年間、恋という感情をついぞ知ることはなかったのに。

――……なんでサミュエルはウィリアムになったの？　サミュエルは傲慢俺様男で、ウィリアムのような優しさなどなかったはずよ……。

どうしても、つれづれに思い出す。トライフルを食べて、彼がひどく嬉しそうだったときのことを。本当のサミュエルは甘い物が好きなのだが、そんなのは、らしくない、と婚約者に笑われたのだと話していた。

――わたしでも、サミュエルを前にしたら同じことを言ったかもしれないわ。

本当のサミュエルを見ようとせずに、王太子、という役割に当てはめていた。

サミュエルもその役割を演じようとしていたはずだ。だからこそ、本当のサミュエルというものは、身分を隠したときではないと出てこないのだろうか。

――そういう……こと、……なの？

ぞくっと、鳥肌が立った。イザベラといたときの彼のほうが、本来の性格なのだろうか。

――でも、……だったとしても、何だっていうの。……何より問題なのは、サミュエルが、……わたしを買ったことよ。弄ぶために。

頭が整理しきれず、イサベラは部屋を出て食堂に向かう。

気分転換をしようとしたのだが、食欲などなかった。パンと紅茶を前にしても、まるで手が動かない。そんなイザベラを気にしたのか、シャルロッテが甲斐甲斐《かいがい》しくバターを取りに行ってくれたり、果物を運んでくれたりした。

そんな幼い子が愛おしくて、イザベラはその小さな身体をつかまえてぎゅうと抱きしめた。シャルロッテのふわふわとした髪からは、お日様の匂いがした。

「あなたはいい子ね」

誰か世界に、自分のことを気にかけている人がいてくれるだけで救われる。

だけど、そんなシャルロッテも数年すればここで身体を売ることになるのかもしれない。そう考えると、胸が締めつけられる。

シャルロッテはくすくす笑いながら力を抜いて、イザベラの腕に身を委ねてくれた。

「姐《あね》さんも、いい子です」

ふわふわとしたシャルロッテとじゃれ合い、代わりに朝食を食べてもらった。シャルロッテの毎日の食事の量は十分ではないみたいで、遠慮しながらも嬉しそうにしていた。

それから、階段を上って自分の部屋に戻ろうとしたとき、ジェームズと顔を合わせた。

彼はイザベラの顔に目を向けて、眉を上げた。

「どうした？　別嬪《べっぴん》さんが台無しだぞ」

目のあたりが、泣きすぎて腫《は》れているのかもしれない。シャルロッテがずっと何かを言いたそうにしていたのを思い出す。シャルロッテにも、目の腫れは一目瞭然だったのかもしれない。そのことについて触れずにいてくれたなんて、幼子なのに配慮が効いている。

また泣きそうになったので、それを隠すためにも階段を足早に上ろうとしたが、イザベラはふと思い出して足を止めた。

このタイミングで、ジェームズに言っておかなければならないことがあった。

「あのね。……今夜から、……ウィリアム……あの、マスクしている男は、わたしの客にしないで。……他の客を取りたいから」

それを聞いてジェームズは意外そうに首を振り、大仰に肩をすくめた。

「あれは、上客だぞ。手放すつもりか？」

「あのマスクの男だけは嫌なの。顔を合わせたくないの。生理的に嫌悪感が湧くようになったの。変態だから。だから、……お願いだから他の男にして。……何人でもいいから。頑張って、稼ぐから」

ジェームズにとって大切なのは金だろうから、そんなふうに言ってみる。上客を手放した代わりに、数で稼げば文句はないはずだ。

「どうかしたか?」

意外なほど真剣な口調で尋ねられても、イザベラは答えられない。

ジェームズはその片眼鏡越しにイザベラを見据え、さらに言ってきた。

「言いたくないならいいが。あの男はおまえに惚れていたし、おまえもあの男に惚れてた。どういうことだ?」

ジェームズの目にも、自分の気持ちは一目瞭然だったのだろうか。

「嫌いになったの。嘘をつかれてたから」

ちゃんと言わないと通じない気がして正直につぶやくと、ジェームズは呆《あき》れたように笑った。その整った顔に浮かんだ笑みが、今までとは違って、どこか親密さを漂《ただよ》わせているように思えた。

「おまえね。商売女が、嘘と本気を見分けられなくてどうする」

そんなふうに突っこまれると、ぐうの音も出ない。これからここでしたたかに生き延びようという気持ちが、くじけそうになる。自分はここではただの、世間知らずなのだ。

「どうすれば見分けられるの？」

かなり真剣に聞き返してみたのだが、ジェームズはフフンと鼻で笑うだけだった。

「最初から、全部嘘だと思っておくんだ。そうすりゃ、傷つくこともない」

「そんな鋼鉄《こうてつ》の心臓を持ちたいものね。だけど、無理。まだそこまでしたたかになれないわ」

そう言って階段を上ろうとすると、ジェームズのつぶやきが聞こえた。

「じきに、持てるようになるよ」

何かを突き放したような、静かな声だった。

ジェームズはそんなふうに思えるような修羅場をくぐり抜けてきたのだろうか。そう思うと、ここでの生活が何だか怖くなる。

ジェームズと別れて自分の部屋に入ったが、イザベラは後悔で一杯だった。

何人でもいいと言ったのは、間違いだったかもしれない。だけど、ウィリアムを忘れるためには、それくらいの荒療治に出たほうがいいような気がした。失恋の痛みを、別の痛みで塗りつぶす必要があるからだ。

――心を殺すのよ。強くなるの。

だけど、その痛みに自分は耐えられるだろうか。だとしたら、自分はいったいどうすればよかったのだろう。

――だけど、……サミュエルとは会いたくない。

そもそも自分がここに売られてきたいきさつも、スッキリしないままなのだ。

誰が自分を売ったのだろう。

その金は、どうなったというのか。

疑問は次々と湧きあがり、イザベラを翻弄した。


『もう……ここには、……来ないでね。……わたしは誰に抱かれても、……こんなふうに、……感じるの。誰でもいいの』

イザベラに告げられた言葉が、サミュエルの胸に刃のように突き刺さっていた。

何だかいきなり嫌われた。その理由がわからないままだが、拒絶された痛みが、ずっと胸に残っている。

二度と来るなと言われたこともずっと心臓のところに突き刺さっていて、呼吸のたびにズキズキと痛む。

それでもイザベラのことが忘れられない。

その翌日である今夜も、娼館まで出向いてしまった。

自分がここまで、未練がましい男だとは知らなかった。

――どうして、……俺を拒む？　他の男に抱かれて、売れっ子になりたいなんて本気なのか……？

イザベラの身体を、ぎゅっと抱きしめたときのことを思い出す。

最初から感じやすかったが、抱けば抱くほど感じやすくなった。その身体にサミュエルがいろいろと教えこんだ。

イザベラのすべすべの肌の感触や、身体の匂いが鮮明に蘇ってきて、全身が熱くなる。やはり他の男に抱かせるなんて我慢できない。

そう思ってやはり出かけることにしたのだが、さすがに迷いがあったから、今夜は娼館に到着するのがかなり遅れた。

到着するなり、ジェームズが出迎えてくれる。その見慣れた顔に、「いつもの娼婦を頼む」と頼んだ。だが、戻ってきたのは非情な言葉だった。

「彼女には、すでに客がついております。――お待ちになりますか？」

――何だと？

その言葉を聞いた途端、息ができなくなった。

いつもは大門が開くなり娼館に押しかけたし、何なら去るときに翌日の予約もしていた。だが、昨夜はイザベラに拒まれたことがショックすぎて予約もしなかったし、今夜、店に到着した時刻も遅い。

だからといって、この仕打ちはないだろう。

サミュエルは思わず、ジェームズの胸元につかみかかった。

「いつも俺が買っている……！　彼女は俺のだ……！　それを、……何で……他の男に！」

ジェームズが苦しそうにもがいたので、ハッとして腕の力を緩めた。だが、詰め寄る勢いは削ぐことができない。

「今の客の、倍払う。いや、何倍払ってもいい！　だから、すぐに彼女を俺のところに寄越《よこ》してくれ！」

誰かの後ではダメなのだ。イザベラは自分だけのものだ。彼女を他の男に抱かせたくはない。

そんな強い気持ちで、頭の中が一杯になる。

だが、ジェームズはサミュエルの身体を押し返すと、胸元を正し、片眼鏡《かためがね》の位置を直して、慇懃に言ってきた。

「今、客がついたばかりですから、あとしばらくお待ちを」

「それじゃダメだって言ってるだろう！　金は払うと言ってる！　ついた客に、詫びの金を払ってもいい。だから、……今すぐ、……すぐに、彼女を……っ！」

「そういうわけにはいかないんです」

ジェームズはサミュエルを落ち着かせようとするように肩を軽く叩き、それから言い聞かせるように顔をのぞきこんできた。

「他に客を取りたいというのは、あの娘本人の願いです。喧嘩《けんか》しましたか?」

──本人の願い……?

その言葉に、サミュエルは衝撃を受けた。

昨日も拒まれたが、一時のことだと思っていた。だが、あらためて別の人間を介して聞かされることで、そこまで自分は拒まれているのだと突きつけられる。

ジェームズはそんなサミュエルを誘導して、応接室の椅子に座らせた。

ここでいい子にして待っていて欲しいと言い残して、ジェームズは離れていく。

そんなジェームズの姿のいい後ろ姿を見送ってから、サミュエルは深く息を吐き出した。

軽くあしらわれたような気がする。このような娼館でオーナーをしているのだから、おそらくサミュエルのように無理を言う客にも慣れっこなのだろう。

だが、何より心にのしかかるのが、イザベラの意思という事実だった。

──本気なのか?　他に客を取りたいなんて……?　それが彼女の願いなのか。

混乱してぐるぐるしてきたサミュエルの前のテーブルに、何かが置かれる。顔を上げると、置かれていたのは紅茶で、運んでくれたのは可愛らしい少女だった。

その少女が気になったのは、つけていた花柄のエプロンに見覚えがあったからだ。

──これは、……前に、イザベラに買ってやった品か……?

何度か雑貨屋に行っているが、イザベラはたまに自分とはサイズに合わないものを選ぶことがあった。娼館にいる可愛い下働きの子にあげると言っていたから、それがこの子ではないだろうか。

「あのね。君に聞きたいことがあるんだ」

極力気を落ち着けて話しかけると、少女は緊張したように顔を向けてきた。

「いつも、俺が買ってる娘を知ってる?」

少女がおずおずとうなずいたので、サミュエルは声に力をこめた。

「今日はもう、先約があるって言われちゃったんだけど。俺は彼女を他の男に渡したくないんだ。何かいい方法はないかな?」

「事前に予約しておかないと、ここでは先着順は鉄則です」

幼い姿に似合わないしっかりとした口調で言われて、サミュエルは少し怯《ひる》む。何も言えなくなったが、少女がふと思いついたように言ってきた。

「お客様。お金持ちですか?」

懐具合をここまでストレートに探られたことはなかった。

「え?　まあ、……お金はあるほうだと思うけど」

王家の資産はどれくらいで、そのうち自分はどれだけ動かせるのか、サミュエルはしっかりと把握してはいない。おそらく、天文学的な額だ。ここに毎晩通うための資金は、手持ちの宝飾品を一つ売っただけでまかなえている。

サミュエルの言葉に、少女は力強くうなずいた。

「一つだけ、いい方法があります。お金かかりますけど。お客様が、どうしても他に売りたくないっていうのでしたら」

「どうしても他に売らせたくない！」

少女の言葉を、サミュエルは繰り返す。

どうしてそのことを昨日のうちにわかっていなかったのかと、自分を責めたい気持ちだった。

もしかしたら、もう間に合わないのではないか。

そんな不安が、サミュエルを駆り立ててならない。


客がつき、部屋に一緒に入る。

途端にイザベラは男に引き寄せられ、強い力でベッドに押し倒された。

「やめ……っ、離して……！」

のしかかってくる身体の重さに息が詰まり、押し返そうともがいた。だが、男の身体は巌《いわお》のようにびくともしない。

吐息が顔面にかかっただけでも、その嫌悪感にぞわりと鳥肌が立った。

――無理。……っ、やっぱ、無理……。

こんな嫌悪感を覚えることは、サミュエル相手のときにはなかったことだ。

だが、それ以外が相手だと、まるで違う。身体はここまで嘘をつけないのだと、イザベラは嫌というほど思い知らされた。

――バカだったわ……っ！

自分を責める気持ちがこみあげてくる。

最初の相手がサミュエルで、その後もずっとサミュエルだったから、誰が相手でも身体を売れるような気がしていた。

実際にはそんな甘くはない。サミュエルとしたときにあれほどまでに気持ちが良かったのは、好きだという気持ちが根底にあったからだ。

――サミュエルじゃないと、……ダメ……なの。……そうなの。

他の男とするのはまっぴらだ。どうにか逃れたかったが、それが不可能なら舌を噛んで死んでしまいたい。

懸命に身体に力をこめた。だけど、男の身体は重すぎて押しのけられそうにない。

サミュエルにしか触れられたくなくて、涙が吹きこぼれた。

「っ嫌よ、……、嫌、……ったすけ……て……っ！」

切れ切れの叫びが漏れる。

身体を売ることの恐ろしさを理解した。

この娼館にいる限り、毎晩、見知らぬ他人に身体を明け渡すことになる。そんな悪夢が続くのだとしたら、いっそこのまま舌を噛んで死んだほうがマシではないだろうか。

――そうよ、……そうしたら、呑気に乙女ゲーをしてた、地味ＯＬに戻れるかも。

現実逃避をしかけていたとき、部屋のドアが大きく開け放たれる音がした。

続いて、聞き覚えのある声が響く。

「彼女から、離れろ……！」

その声がサミュエルのものに聞こえて、イザベラは目を見開いた。確かめたいが、のしかかっている男の身体が邪魔で、声の主が確認できない。

だが、男が動きを止めてそちらを見た。次の瞬間、男が力ずくでイザベラの上から床まで叩《たた》き落とされる。

「……っ！」

ようやく視界が開けた。

イザベラの目に飛びこんできたのは、マスクをつけたサミュエルの姿だ。

――なんで……。

呆然《ぼうぜん》とする。頭がなかなか今の事態を理解してくれない。

サミュエルはイザベラを見つめながら、大股でベッドに力づいてきた。何か言おうとしたが、互いに言葉にならない。

それを察したのか、サミュエルはまずは無言でイザベラの上体をかき抱いた。

見知らぬ男に服を乱され、剥き出しになっていた肌がサミュエルと密着する。その身体が隙間なくサミュエルに触れ、その体温がじわじわと伝わってくるにつれ、涙があふれて止まらなくなった。

だけど、ひどく混乱もしていた。

どうしてサミュエルがこんな絶妙のタイミングで現れるのだろうか。これはすべて何かの夢かなんかではないのか。

だからこそ、涙でべしゃべしゃの顔をその胸に埋めたまま言ってみた。

「どうして……来たの？　こないでって、……言った、のに」

嗚咽《おえつ》が漏れそうだから、しゃべるだけで精一杯だ。そんなイザベラの髪をそっと撫で、後頭部に腕を回して抱き込みながら、サミュエルが答えてくれる。

「……来ずには……いられなかった。……会いたかった。おまえなしでは生きられない」

その言葉が心に染みて、余計に涙があふれてしまう。

イザベラは顔を上げた。どんな顔をさらそうがかまわないと思うほど、胸が一杯だった。マスク越しに、こちらを見ているサミュエルの目が見える。

顔を見られたくないのはわかっていた。だけど、自分はすでにその正体を知っている。それでもなお、サミュエルのことがこんなにも好きだ。騙されていても、弄ばれていてもかまわない。それでも、好きなのだ。

自分の気持ちを伝えたくて、イザベラは訴えた。

「マスク、……外して」

サミュエルの身体が、びく、と震えた。その一瞬後には、腕の拘束が強くなる。正体をイザベラに知られることに、不安を覚えているのだろうか。

「……外して……っ！」

叫ぶように繰り返すと、サミュエルは固まった後で、なだめるように髪を撫でてきた。

「これは、……外せない。……っ、わかってくれ」

「外せない理由があるの？　何をわたしに、隠しているの？」

すでに彼の正体を知っている。サミュエルは元婚約者であり、他の女に気を移したあげく、イザベラの身分を剥奪《はくだつ》して追放した相手だ。

知りたいのは仮面の下の素顔ではなく、どうしてそのサミュエルが、憎んでいたはずのイザベラの元に足繁《あししげ》く通ってくるのか、という理由のほうだ。だが、その違いを伝えられるほどの余裕はイザベラにはない。

サミュエルは途方に暮れたように、また髪を撫でた。

「これは、……外せないんだ。だけど、……これから、二度と他の男に買わせるなんてことはしないから」

「そういうことじゃないの。……っ。素顔を見せて。お願いだから」

どんな言葉で説明すれば、自分の気持ちをわかってもらえるのだろうか。

サミュエルを見上げながら、ぼろぼろと涙ばかりあふれて止まらなくなっていた。表情を作る余裕などなかったから、どれだけみっともない顔を彼にさらしているのか、想像もつかない。

ベッドから引きずり落とされた男のことも、サミュエルと一緒に部屋に入ってきた誰かのことも、何も考えられない。意識にあるのは、サミュエルのことだけだ。

ここが人前だろうが、何でもいい。ただ、サミュエルの気持ちが知りたい。

自分のことを憎んでいるのか。

憎んでいるとしたら、そんな女の元に、どうして通っているのか、優しくしてくれるのか。

「……落ち着いて。ちゃんと息を吸って、大丈夫だから」

呼吸のことなんてどうでもよかった。話をそらされるのが我慢できなくて、イザベラはサミュエルの肩に顔を埋め、ねだるように額を擦りつける。

「知りたいの。……っ、だけど、……本当はもう知ってるのよ、あなたのこと。……寝てるときに、……マスクを外したから」

その告白に、サミュエルの身体がまた大きく反応した。幻滅させただろうか。だけど、もはや嘘は言いたくない。

サミュエルの肩に顔を押しつけていると、その清潔な布地に涙が吸い取られていく。

イサベラは涙ながらに言葉をついだ。

「だから、……っ、わかってるんだけど、……それでも、……あなたのことが好きなの。……っ、あなたを忘れたくて、あなた以外に売られようとしたんだけど、他の男に抱かれるぐらいなら、舌を噛んで死んでやろうと思ったの。……そんな自分が我慢できないの。……こんなにも、……っ、あなたのことを好きになった自分が……っ！」

心を全部ぶちまけるのは、怖かった。サミュエルの気持ちなど、まるでわかっていないのだ。しゃくりあげながらも、いっそここまでぶちまけたのなら、全部言っても同じだと開き直った。

「わかってるの……っ、わたしはただ遊ばれてるだけだって。……ちょっと優しくされただけで、……好きになった自分が悔《くや》しいだけ。……だけど、……好きなの。やっぱりあなたにしか、……抱かれたくない」

「……遊ばれてるだけなんて、違う」

サミュエルに言われて、頭のどこかでタガが外れた。

イザベラは顔を上げ、サミュエルをにらみつけながら声を荒らげていた。

「違わないわよ……っ！　……わたしのこと、嫌いで、……追放して！　……っ、他の子と婚約して。……っ、こんなところにいる女だから、……っ、優しくされたら、……好きになると思ってるんでしょ。……おあいにくさま、って言いたいけど、……あなたの思うつぼよ。……あなたには婚約者がいるってことも、……知っているのに」

顔面がさらなる涙でぐしゃぐしゃになる。こんな醜態《しゅうたい》を見せたら、誰だって幻滅する。

それがわかっていても、全てさらすしかなかった。

「もう……やだ。……だから、……別れようと……したの。……なのに、……あなたのことが、……好きなの」

気持ちを自分で制御できない。

サミュエルから距離を置くことで、この気持ちを切り捨てようとしていた。なのに、ここまで丸裸にしてしまった。

告白したところでサミュエルの本命になれるはずもなく、惨めになるだけだ。

だからこそ、余計に悲しくて、涙ばかりがあふれてしまう。

「……好きか」

だけど、サミュエルから聞こえた声は柔らかかった。どこか幸福を噛《か》み締《し》めているように聞こえる。

それを言ったときのはにかんだサミュエルの表情まで想像できる気がして、イザベラは戸惑った。

サミュエルはあらためてイザベラを強く抱擁した後で身体を離し、振り返って何かを合図した。

部屋の中に入ってくる足音が聞こえて、床に転がっていた客が廊下に連れ出されていく。客は納得いかないのか、自分のほうが権利が、だの、金を払ったと騒ぎ立てていたが、サミュエルの肩に顔を埋めているイザベラにはその声が遠く聞こえる。それをなだめる声はジェームズのものだ。

サミュエルが大金をはたいて、先客の代わりにイザベラを買うことにしたのだろうか。そのあたりのいきさつはよくわからなかったが、しばらくしてドアが閉まる。

部屋にはサミュエルとイザベラの二人きりになった。

サミュエルに視線を戻すと、彼は指の長い大きな手をマスクにかけていた。それを外すところを、イザベラは固唾を呑んで見守っていた。

これほどまでに彼の顔に集中したのは、初めて顔を合わせたときと、マスクをこっそり外したときに続いて三度目だ。

サミュエルが外したマスクを持ったまま、まっすぐにイザベラに素顔を向けてくる。

あらためて目にしたサミュエルの顔に、イザベラは釘付《くぎづ》けになった。

男らしく引き締まったシャープな頬のラインに、豪奢な黄金の髪。

少しきつい印象のある、ブルーの澄んだ瞳。高くまっすぐな鼻梁に、キリッとした形のいい唇。ずっとこの顔を見てきた。だけど、今はことさらその造形の良さが目につく。

顔の上半分をマスクで隠されていたが、唇はずっと見えていた。だが、顔全体が見えると、その唇の形の良さも増すようだ。

記憶にあったサミュエルよりも少し大人っぽく見えるのは、関係が冷えこんでからイザベラがまともにサミュエルの顔を見ていなかった証《あか》しかもしれない。

——こんなに、……サミュエルって、……ハンサムだったかしら。

親が決めた婚約者だった。好きとか嫌いとか、そういう感情を除外して、付き合うしかなかった。だけど、そんな役割を無視してサミュエルを見れば、ドキドキするほどの好みの顔だ。

「サミュエル……」

イザベラはサミュエルの顔に手を伸ばす。柔らかく指で、その頬のラインをなぞっていく。

大好きだと、心の中でつぶやいた。こんなにも素敵な人の婚約者だったというのに、自分はその良さがわからず、特権を手放してしまった。

悪役令嬢としてバッドエンドで退場するのはどうしようもなかったとしても、どうしてその間の日々をもっと大切に過ごさなかったのだろう。

「好き、よ」

気持ちを自分の中に押しとどめることができなくて、ぽろりと口から言葉が漏れた。

サミュエルはそんなイザベラに微笑み、顔を寄せてキスをしてくれる。

「……っ」

それは、今までにされたどんなキスよりも、優しかった。その感触が胸に染みて、ずっと涙が止まらない。

「もっとあなたと、……話ができたら、よかった。婚約者でいる間に、あなたのことをしっかり知りたかった。あなたは傲慢で、わがままなだけだと、勝手に思いこんでたの。いずれは他の女に奪われるからって、……最初から諦めなければよかった」

「……他の女に……？」

その部分はサミュエルには理解できなかったらしく、不思議そうに繰り返される、だが、今のイザベラには転生したいきさつや乙女ゲーについて詳しく説明するほどの余裕はなかった。理解してもらえるとも思えない。

目を閉じて、渡されたハンカチで涙を拭っていると、サミュエルの声が聞こえてくる。

「すまなかった。……ずっとマスクで顔を隠していたのは、悪気があったわけではない。……最初から、騙すつもりはなかったんだ。最初にここに来たのは、叔父につれてこられたからだ。……娼婦と寝るつもりはなかったが、そのときにおまえの姿を見かけて、……最初は、本人だとは思わなかった。それでも、完全にイザベラではないと確認せずにはいられなくて、なりゆきで買うことになった」

そんな説明に、思わず突っこまずにはいられない。

「なりゆきにしては、……最後までしたわよね？」

「……するつもりはなかった。確かめるだけのつもりだったのだが、……おまえが、……その、煽《あお》るようなことを言うし、……柔らかな身体に触れたら、止められなくなって」

──煽るようなこと、言った……？

そうだっただろうか。思い出そうにも、最初の夜はイザベラのほうにも余裕がなかったから、細部まで思い出せない。

サミュエルに視線を向けると、気まずそうな顔でうつむかれた。

「毎日のように通ってしまったのは、それだけ、おまえにはまったからだ。イザベラかどうか見定められないまま、イザベラそっくりの姿をしつつも、自由にものを言う娼婦の笑顔が見たくなった。何よりおまえは、……俺が知っていたころとは別人のように、生き生きしていた。よく笑うし、すねたり、嬉しそうな顔をしたりする。それが新鮮で、目が離せなくなった。……俺の正体を知ったら、おまえはそんなふうに素直に感情を見せてくれなくなるだろう。そう思うと、どうしても正体を明かす気にはなれなくて」

「そんなにわたしは、別人だったの？」

「ああ。……我が婚約者は、氷のようだった。人形が、隣に座っているのと同じだ」

──確かにね。

冷ややかを通り越して、互いに無関心になっていた婚約者時代を思い出すと、イザベラは暗《あん》澹《たん》たる気持ちになる。サミュエルのことも傲慢俺様キャラだとイメージで決めつけて、深くまで知ろうとはしなかった。

サミュエルにとっても、それは同じのようだ。

「俺は知らなかったんだ。知ろうとしなかった。おまえが、……俺の婚約者であるイザベラが、こんなにも可愛くて、色っぽくて、愛しいだなんて。知っていたら、婚約破棄なんてしなかった。手放さなかった。……先日、おまえからここに来るなと拒まれて初めて、……どこまで大切に思っているのか、思い知らされた」

サミュエルの口から漏れる言葉を聞くことで、初めてその気持ちが理解できる。肌を合わせ、相手のことを知ったつもりでいても、こんなふうに言葉にしてくれなければわからない。

サミュエルがくれる言葉がとても嬉しかった。じわじわと涙があふれてしまう。

こんなにも泣いたら目が腫《は》れるというのに、涙がにじんだ目でなおもサミュエルを見つめた。

サミュエルがイザベラに向き直り、求婚するようにその手を取った。

「俺だとわかってもなお、……好きでいてくれるか」

イザベラは、顔を見つめた。繊細に揺れ動くまぶたが、サミュエルの怯えを伝えてくる。

傲慢で俺様だと思っていたサミュエルのそのような仕草が、イザベラの胸を締めつける。サミュエルがイザベラの反応をこれほどまでに気にかけているのは、それだけ好きだからと考えてもいいのだろうか。

鼻の奥がツンとした。

何がどうあっても自分はサミュエルのことを好きだと伝えたかったのだが、それでも彼には立場がある。サミュエルの足を引っ張るようなことがあってはならない。

「だけど、あなたには、……婚約者がいるはずよ」

イザベラとの婚約を破棄して、アンジェラという新たな婚約者を定めた。婚約者がいてもなお、自分と付き合いたいということだろうか。そういうのは、イザベラにはどうしても受け入れられない。

「彼女とは、婚約を破棄する」

その言葉に、イザベラは大きく目を見開いた。

反射的に言っていた。そんなふうにひょいひょいと婚約者を乗り換えるのは、人としてどうかと思われる。

「ダメよ」

サミュエルの名に傷がつく。

表面だって反対しなかったとしても、貴族は何かと噂話《うわさばなし》が好きだ。

だが、サミュエルはイザベラを見据えた後で、身体の力を全部吐き出すような、深いため息を漏らした。

「どうして、……俺は見えていなかったんだろうな。誰が本当のことを言って、誰が嘘つきなのか。……俺の目は曇《くも》っていた。間違っていたのだ」

――誰が本当のことを言って、誰が嘘つきなのか……？

何を言っているのか、すぐには理解できなかった。イザベラは必死で頭を回転させようとしながら、サミュエルを見つめ返す。

サミュエルの顔には、深い後悔が浮かんでいるようだった。

「悪いことにはしない。……おまえのことが好きだから、……そばにいて欲しい。他の男になど、絶対に渡さない。おまえは、俺のものだ。まずは、そのことを互いに確認しよう」

――おまえは、……俺のもの。

傲慢俺様系のキャラの、殺し文句。

このシチュエーションでささやかれたら、どうしてもときめかずにはいられない。よしんばそれで、自分が不利な立場に陥ったとしても。

「……何をする、……つもりなの？」

「ここからおまえを救いだす。……全部、任せてくれ。考えがあるんだ」

そんなことを言われたが、サミュエルに可能なのだろうか。

サミュエルには企画遂行《すいこう》能力はなかったはずだ。生徒会の仕事でも、命令だけするサミュエルの尻拭いを、ずっとイザベラがしてきた。

だからこそ彼には任せられないと思ったのに、重ねられる言葉に理性を失いそうになる。

「大丈夫だ。ずっとおまえと、……一緒にいたい。そのための行動を取る」

その言葉に心を打たれて、何も言えなくなっていた。

サミュエルに任せてもいいのだろうか、本当に。

――ダメよ。

何をするつもりなのか、その手順を全て聞き出して、自分がフォローする必要がある。そんなふうに考えていたのだが、サミュエルにそっと抱き寄せられると、あまりの心地良さに身も心も解け崩れそうだ。

「……もう一度、好きだって……言ってくれる？」

恋愛はずっと、イザベラにとって煩《わずら》わしいものだった。転生した世界でこなさなければならない課題《ミッション》として、胸にずしりとのしかかっていた。だけど、サミュエルを本当に好きになってしまった今では、その甘さに完全に浸かりたくなる。

「もちろん。……何度だって伝えよう。好きだよ。おまえのことが、世界で一番」

耳元でささやかれた愛の言葉が、イザベラの心に染み渡る。

いったい、このバッドエンディング後の話はどのように展開するのだろう。

不安なのに、まるでわからない。

それでも、サミュエルの愛があれば、他のことはどうでもいいような気がした。

第八章

新しい領土で即位式を上げた王と王妃の帰国の知らせに、アングルテール王国の民はお祭り騒ぎとなった。

新しい土地は、ますますの国の繁栄《はんえい》につながる。帰国を祝う王都でのパレードには大勢の民が繰り出し、数日間、酒や食べ物の振る舞いが続く。

王城でも行事がいろいろ開かれた
そのどの舞踏会でサミュエルが自分を王と王妃に紹介してくれるのか、アンジェラは楽しみでならない。

しばらくマナーについての猛特訓を受けたので、今やどこに出しても恥ずかしくないレディになれたという自負がアンジェラにはあった。

だが、王と王妃の帰国を祝しての一番初めの大きなパーティにも、それに続く舞踏会の場にも、アンジェラは呼ばれることはない。

それらに出席しては、忙しくしているサミュエルに、アンジェラはさすがに噛みつかずにはいられなかった。

「どうして、舞踏会に出席してはだめなの？　早くわたしを紹介していただけませんか」

前夜も夜遅くまで華やかなパーティが続いていたらしい。そこに、サミュエルは王太子として出席していたそうだ。

サミュエルが目覚めるのを待って、アンジェラは部屋まで直談判《じかだんぱん》しに押しかけていたのだ。

朝食も兼ねた昼のテーブルを前にしたサミュエルは、やたらと眠そうな顔を向けてくる。

「タイミングってものがあるんだ。一連の行事が終わり、王と王妃が落ち着いたころに、君とは引き合わせることになっている」

サミュエルが言うように、半年ぶりの帰国となった王や王妃たちはひどく忙しく、多種多様なパーティや他の行事や、いろいろな采配などで息つく暇もないらしい。

だが、アンジェラとしては、他の貴族たちに率先《そっせん》して、自分が王と王妃に紹介されてもいいぐらいだと思っていた。何せ将来は、この国の王妃となる存在なのだから。

「落ち着いたころって、いつよ？」

サミュエルの向かいの席についたアンジェラの声が尖った。

このところサミュエルもパーティや行事で忙しく、まともに話ができていない。

以前はそれでも、空いた時間に食事に誘われていたのだが、最近ではその手の誘いがまるでかからなかった。

そうなると、広い王城では東翼《とうよく》という同じエリアにいても互いの気配が感じ取れず、完全に放っておかれているような気分になった。

それどころか、今もアンジェラとは今も視線を合わせないし、どこか避けられているふうにすら感じられる。

そんなサミュエルを前にすると、アンジェラの中でずっと押し殺していた不安がむくりと顔をもたげた。

――まさか、バレた、ってことはないわよね。

サミュエルの部屋でマスクを見つけたので、アンジェラは手のものを使って彼がどこに行っているのか探らせたのだ。

信じられないことに、サミュエルが通っていたのは色町だった。

サミュエルがどの娼婦の元に通っていたのかまでは、探り出せなかった。だが、王と王妃が帰国して忙しくなったこともあり、今やパタリと色町通いは止まっている。さらに安心材料はもう一つあった。

――何故なら、イザベラは死んだから。

なんと客が刃傷沙汰《にんじょうざた》を起こして、娼婦になっていたイザベラを殺したのだという。

イザベラは美貌の主《ぬし》だったが、いつでも世の中を斜に見ているようなクールなところがあった。だからこそ、客を逆上させたのだろう。

――あの女なら、それも納得だけど。

伯爵令嬢として生まれたイザベラが娼婦として葬《ほうむ》られるのは、少し気の毒な気もする。だが、その知らせを受けてから、アンジェラの心は穏やかだ。

サミュエルが今、足繁く通っているのは、王都内にある別邸だ。成人した王太子が即位前に住む邸宅であり、歴史のあるそこの内装を改装して、自家発電の電気設備と、上下水道などを備えるようだ。

――素敵ね。きっとわたしたちで住むための準備をしているのだわ。

そこについても探りたかったが、さすがに王太子が即位まで過ごす邸宅だから警備が厳重で、アンジェラの手のものは近づけない。

――これからは、わたしの時代。

不安を押し殺して、アンジェラは自分に言い聞かせる。サミュエルは多忙なだけだ。自分への愛が冷めたはずはない。

それに、アンジェラは王都の人通りの多い通り沿いに土地と家を買って、小さな店を始めることにしているのだ。

世界中から集められた小物を売る、一流の店。自分がサミュエルの婚約者として披露され、パーティに引っ張りだこになれば、アンジェラが流行の発信源ともなる。

誰もがアンジェラが身につけたドレスや小物などを、競《きそ》って真似る。そうなったときに、アンジェラが経営するその店は大勢の客であふれかえることだろう。

――昔から、お金儲《もう》けをしたかったのよね。

王室からお金も支給されるから生活には困らないだろうが、それでももっと贅沢な暮らしがしたい。店を持って、しっかり儲けたかった。そのための資金は、思いがけないところから手に入った。

「いずれはいずれだ。追って、連絡する」

そんなふうにサミュエルから言い放たれ、アンジェラは立ち上がって仕方なく自室に戻る。

だが、数日後にサミュエルから連絡が入った。

今夜、王や王妃を招いての、うちうちのパーティがある。そこで、アンジェラを皆に披露したいそうだ。

その知らせを受けて、アンジェラは天にも昇る気持ちになった。

――いよいよだわ……！

念入りに衣装を選び、装身具や髪型も、侍女と相談しながら決めていく。

今までも自分は王太子の婚約者だったはずだが、王と王妃に認められて初めて、それが輝きを放つ。

王と王妃が不在のときのアングルテール王国の決定権は、王太子であるサミュエルに託されている。だが、彼らが不在のときに決定した事項を覆《くつがえ》す力が、王と王妃にはあるそうだ。

――だからこそ、お二人に認められなくてはならないの。

しかも、このパーティは改装が終わったばかりの別邸で行われる。アンジェラの披露がここまで遅れたのは、むしろこの改装を待っていたのではないか、という気がしてきた。

いそいそと時刻に合わせて、イザベラは出かけた。

道は途中で馬車の渋滞にはまって少しだけ時間がかかったが、遅れたというほどではないはずだ。

ドレスや髪に乱れがないか馬車の中で念入りに確認してから、アンジェラは玄関へと向かう。

そこで侍従の出迎えを受け、小部屋でしばらく待たされた。それから、パーティが行われる二階の大広間へと螺旋《らせん》階段を上がって案内される。

――素敵だわ。どこも新しい建物みたいに綺麗。

電気で使うシャンデリアも、ことさらキラキラ輝いてみえる。そんな中で、最高級のドレスに身を包み、王太子の婚約者として歩む自分が一段と誇らしく思えた。

大広間の扉をくぐる。天使の微笑みとともに周囲を見回したアンジェラは、そこに勢揃《せいぞろ》いしていた面々に息を呑んだ。

――何……？　みんな、……いるんだけど。

アンジェラの到着時間は間違ってはいなかったはずだ。地位が高ければ高いほど到着は遅くなり、大勢の人に出迎えられることとなる。なのに、どうして王や王妃が自分より先に到着しているのかわからない。

——それに、……長老たちも。

王と王妃が大広間の前のほうにいたが、その近くに勢揃いしていたのは、この国を司《つかさど》る王立裁判所の長老たちだ。彼らの配下が王立学園を探ろうと動いていた。

何事が起きているのかと、アンジェラの鼓動が跳ね上がる。

——だけど、……大丈夫。きっと、……わたしが新しい婚約者として認められるための手続きがあるからだわ。

王立裁判所の役人が、王立学園の生徒にいろいろ聞きこんでいる、という話を受けて、そちらも手のものに探らせようとした。だが、アンジェラが動かせる人員はほんのわずかだ。

サミュエルの色町通いを探ることのほうに人員を振り向けたから、王立裁判所の動きについてはろくに探れていない。

だが、だんだんと不安になってきた。

アンジェラの登場を受けて、大広間が静まりかえる。注目されているのがわかったが、好意的な視線ではないような気がする。その理由が理解できずに立ちすくんでいると、すでにいたサミュエルが手招きしてきた。それを受けて、アンジェラは前のほうまでしずしずと歩を進める。

客を多勢招いての舞踏会が開けそうな大広間には、三十人ほどの礼装の人々がいた。平均年齢はとても高い。アンジェラを出迎えての彼らの表情は一様に厳粛《げんしゅく》で、それだけで圧倒された。

どういうことなのかわからないまま、アンジェラはサミュエルの前に立つ。

ひどく不安だったから、手袋に包まれた指先まで冷たくなっていた。それを温めたかったし、安心もしたくてサミュエルの手を取ろうとした。

だが、素っ気なく無視された。アンジェラに向けてきた眼差しも冷たかったので、そのことにも愕然《がくぜん》とする。

何かが起きている。だけど、それが何なのか、アンジェラにはわからない。鼓動が少しずつ速くなり、呼吸が浅くなる。

上流階級というのは育ちがよく、丸めこむのも容易《たやす》いはずだった。特に傲慢で俺様なサミュエルはそうだ。アンジェラが泣きついたら言葉通りに信じこみ、哀れに思ってくれた。

すっかりその心をつかんだはずなのに、どうして最愛の恋人である自分にこんな目を向けてくるのかわからない。

「皆が揃ったところで」

サミュエルが凛《りん》とした声を張り上げた。

彼の合図を受けて、今後の人の出入りを禁じるように大広間の扉が閉じられ、その前に武装した兵が立つ。その物々しい雰囲気に、アンジェラの緊張は最大まで高まる。

何が始まるのかと、警戒せずにはいられない。だが、自分が王太子の婚約者として認められるための儀式が始まるはずだから、ことさら厳重になっているのかもしれないと、自分を納得させようとする。

——そうよ、……大丈夫。

必死になって、にこやかな表情を保った。サミュエルの横に並ぶアンジェラを、大勢のお偉方が見ている。彼らの表情ににこやかさの欠片《かけら》もないとしても、アンジェラまで感じ悪くしてはならない。

サミュエルが皆を見回して、大きく息を吸いこんだ。

「王不在時に、わたしが行使した裁判権についての疑義が、グッドウエーズリー伯爵から出されておりました。それにより、その裁判について、調べ直すことになりました。わたしの元婚約者、イザベラ嬢との婚約破棄と、彼女の伯爵令嬢としての地位を剥奪《はくだつ》したことについてですが」

——え。

それについて、今さらほじくり返されるのかと、アンジェラは焦った。

ハッとして周囲を見回す。居並ぶ貴人の中から進み出てきたのは、ロマンスグレーのダンディな男だ。豪華な衣装と威圧的な風貌を考えると、彼がグッドウエーズリー伯爵なのだろうか。

——グッドウエーズリー伯爵は、決して王には逆らわない。

そんなふうに、アンジェラは家庭教師から聞いていた。

あまり公的な場に、伯爵は姿を現さない。隣国との国境地帯に強大な領兵を擁しているからこそ、何事についてもグッドウエーズリ伯爵は控えめに振る舞っているらしい。

だから、何も心配することはないと、アンジェラは自分に言い聞かせる。

これは単なる儀礼であって、自分の婚約者の地位が揺らぐことはないはずだ。

アンジェラの耳に、サミュエルの声が飛びこんできた。

「まずは、グッドウエーズリー伯爵の令嬢であるイザベラ嬢と婚約を破棄することになったいきさつを、説明いたします。イザベラ嬢は、ここにおられるアンジェラ嬢に、数々の無礼を働いた。最初にアンジェラ嬢の悪口を周囲の学友に吹きこみ、それによって孤立させ、王立学園内での居場所をなくさせました。そのようなことをアンジェラ嬢から聞かされたわたしは彼女に同情し、顔を合わせる機会が増えたことによって、少しずつ心惹かれていくことになったのです」

サミュエルの声は、淡々としていた。自分の恋のエピソードを物語るにしては、その声にまるで熱が含まれていないことが気にかかる。

今現在の恋の病について語っているというよりも、すでに終わった恋について、苦々しく振り返っているという気配さえ感じ取れるのは、アンジェラの思い過ごしなのか。

――なんで、そんなことをいちいち言うの？

自分との出会いについて語るにしては、ロマンチックさがまるで足りない。

奇妙な胸騒ぎを覚えつつも、自分を見つめる人々にアンジェラはにっこりと微笑み返してみせた。

わたしがこれからの、サミュエルの婚約者です。だから、皆様、よろしくね。

そんな気持ちをこめたというのに、大広間に集う人々は硬い表情を崩《くず》さない。目が合ったときにも、アンジェラに微笑んでくれる人はいない。

「王立学園では、生徒会主催のダンスパーティが毎年、年度末に開かれます。そのダンスパーティにアンジェラ嬢が出席する際にも、イザベラ嬢が何かと妨害してきたとか」

こんな話を、どうしてサミュエルがわざわざこんな大勢の前で披露するのか、アンジェラには理解できない。何のつもりだろうか。

学園内のことなど、とっくにそこを卒業したはずの王や、長老たちにとっては、遠い昔の話でしかないはずだ。

——それに、わたしがイザベラの悪事を吹きこんでいたなんて、あまり知られたくないわ。印象が悪い。自分は微笑みの天使として、この国の重鎮たちに認識されたい。腹黒いのだと察知されたくない。

そんなふうに思っているというのに、サミュエルの話は続く。

「アンジェラ嬢や、その友人を介して入ってくるイザベラ嬢の悪事を、愚かにもわたしは、全て信じこみました。イザベラ嬢がアンジェラ嬢を排除するためにあらゆる手を使っていると考え、そのような悪事を働くイザベラ嬢を、逆にどうすれば排除できるのかと日々考えるようになりました」

ですが、とここでサミュエルは、口調を厳しいものに変えた。

「これらの出来事はアンジェラ嬢が全て仕向けたことです。舞踏会でドレスをイザベラ嬢に汚されたという件も、パーティに出席できないように排除した件も、イザベラ嬢がアンジェラ嬢の悪口を言っているという件も、つまりイザベラ嬢の悪事とされたものは、全て根拠がないことだと判明しました。全ては、アンジェラ嬢がわたしの関心を、イザベラ嬢から自分へと引きつけるための、自作自演」

――え……っ。

アンジェラは思わず息を呑む。

――自作、自演……？

事実としては、その通りだ。

自分はサミュエルの心をつかむために、イザベラを排除した。だが、それが露呈《ろてい》するなんて考えたこともない。

貴人たちから一様に悪人を見るような目を向けられて、アンジェラは焦った。

「ち、……違いますわ。どうしてそんな……」

だが、サミュエルの声は断罪するかのような鋭さを増す。

「すでに、証言も固めてある。おまえが学園内で親しくしていた令嬢や、情報集めに使っていた使用人が、洗いざらい話してくれた。全ての事情は、王立裁判所が厳密な儀式に則《のっと》って把握し、書類にもしてある。今さら言い逃れはできない」

サミュエルの言葉に合わせて、王立裁判所の長老と役人が十人ほど、進み出てくる。長老が胸に手をついて、厳粛なポーズを取った。

「王立学園内での出来事は、あなたが全て裏で糸を引いていたことだと判明しております。その目的は、王太子の婚約者であるイザベラ嬢を失脚させ、自分が婚約者の座を得るため」

「言い逃れはできない」

サミュエルが言葉を重ねる。その眼差しからは、苛烈《かれつ》な怒りが感じ取れた。

今までずっと、アンジェラにその怒りを悟られないように隠してきたのだろう。だが、何もかも判明した今、憎々しげににらみつけられて、アンジェラは息を呑んだ。

すでにサミュエルの愛は自分にはないことを、本能的に理解した。他人を操ることなど容易いと思っていただけに、それが思い上がりだと知って、愕然とした。

大広間にいる全員が自分の敵だと認識しながら、アンジェラは今までかぶっていた猫を脱ぎ捨てて、不敵な口調で言い返した。

「……だとしても、……それが、……何の罪になりますの？　たかだか、ちょっとした虚言を重ねただけ」

サミュエルは地を見せたアンジェラに、獰猛に微笑みかけた。

「王立学園内のことは、大した罪ではない。あえていえば、王太子である俺への不敬罪が適用されるぐらいだが、それは不問にしよう」

サミュエルの返答に、アンジェラはホッとした。何だかんだ言っても、サミュエルは自分に甘い。厳しい罪など、課せられるはずがない。

そう甘く見ていたのに、思わぬふうに言葉が続く。

「だが、――イザベラを誘拐し、娼館に売り飛ばした罪は重い。厳密な罪の重さは王立裁判所が定めることになるが、その罪はその身で受けてもらわなければ」

サミュエルの言葉を受けて、大広間にざわめきが広がっていく。娼館、という言葉に、貴人たちは衝撃を覚えているようだ。

良家の子女が人買いに誘拐されて売り飛ばされるケースは、まれに発生するようだ。上流階級に衝撃を与える事件だからこそ、その罪はひどく重く定められている。死刑にも該当する罪だ。

「……そんなこと、……わたしがするはずが」

アンジェラは顔から血の気が引いていくのを感じた。そこまで知られているとは、思わなかった。

ここで何でもないふりをしなければならないとわかっているのに、動揺しているのは一目瞭然だろう。

アンジェラに、サミュエルは冷ややかな一瞥《いちべつ》を投げかけた。

「残念ながら、アンジェラ。すでに証拠は固まっているんだ。君が人を使ってイザベラを誘拐し、娼館に売り飛ばした金が、何に使われたのかもわかっている。本当に残念だよ」

「……っ」

サミュエルが合図をすると、衛兵に固められていた大広間のドアが開いた。

その向こうに立っていたイザベラの姿に、視線が吸い寄せられた。

──嘘よ。……死んだはず。

娼館で客に殺されたと聞いていたイザベラが、どうして生きてここにいるのだろうか。しかも、女神のように綺麗な姿で。

イザベラはレースがふんだんに使われた華やかなドレスに身を包んでいた。髪は高々と結い上げられ、肌は内側から輝いて見えるほど透き通って見える。もともとイザベラは綺麗だったが、久しぶりに見るとさらにその美しさが何割か増したようだ。

サミュエルがそんなイザベラの前に歩み寄り、手を取って部屋の前方までエスコートする。

サミュエルとイザベラの目が合って、お互いににっこりするときの表情は、かつて見たことがないぐらい柔らかなものだった。イザベラの心境の変換を感じ取るのと同時に、二人の間に揺るぎない絆があるのを思い知る。

すでにサミュエルの愛がイザベラに移っていることを、アンジェラは実感せずにはいられなかった。

イザベラを連れたサミュエルが、アンジェラの前まで戻ってくる。イザベラという生き証人を前にして、サミュエルはアンジェラに詰問した。

「彼女を、おまえの手のものが娼館に売り飛ばしたそうだな」

「そんな証拠が、ございますの？」

アンジェラがあくまで突っぱねようとすると、開け放たれたままの扉のほうを、サミュエルが指し示す。

そこで見せられたのは、捕縛されたアンジェラの手のものだった。

彼に金をやってイザベラを誘拐させ、娼館に売り飛ばしたのだ。

アンジェラに決まりが悪そうな顔を見せていたので、彼が洗いざらい吐いたのがわかる。

さらにその後ろから姿を見せたのは、銀髪の片眼鏡をかけた男だった。礼服を身につけた男は、娼館のオーナーだと自己紹介した後で、堂々とした声で言ってくる。

「この男がわたしに、イザベラ嬢を売り払いました」

さらに金額を口にする。その後で進み出たのは、アンジェラが店を買ったときの立会人だった。

——何て……こと。

こんなふうに次々と証人が出てきてしまったからには、言い逃れのしようがない。

蒼白《そうはく》になったアンジェラに、サミュエルが言った。

「イザベラを売った金を、おまえはそのまま店を出すためのものとして使った。それに、間違いはないな」

「……っ」

アンジェラは唇を噛む。

もともと自分の手のものを信用していなかった。金さえ払えば、何でも従うと思っていた。だからこそ、彼らもアンジェラをあっさり裏切ったのだと理解する。アンジェラは彼らを人間扱いしていなかった。

何も言い返せない。そんなアンジェラを、王立裁判所の役人が取り囲んだ。

捕縛され、大広間から連れ出されていく。

これから、厳しい取り調べが始まるのかもしれない。伯爵令嬢を娼館に売り飛ばした罪は、どれだけのものとなって、身に降りかかってくるのだろうか。

自分が築き上げたものが楼閣《ろうかく》のように崩れていく。

アンジェラが王立裁判所の役人によって連れ出されていく姿を、イザベラは無言で見送った。さすがのアンジェラも、観念するしかないようだ。これから、それなりの罪を受けることになるだろう。

アンジェラが連れ出され、王立裁判所の役人も消えた後で、サミュエルが周囲を見回しながら、あらためて声を発した。

「お見苦しいところをお見せいたしました。これからこの国を担うことになるわたしが、たわいもなく女性に騙《だま》されていたと知られるのはお恥ずかしい限りです。ですが、隠すことなく過ちを認め、イザベラ嬢の名誉回復を行いたいと思います。その後で、彼女との婚約を結び直したいのですが」

そう言った後で、サミュエルはイザベラに向けて愛おしむように手を差し出してくる。

だが、娼館にいたという発言があっただけに、どこか空気が完全に和んではいないことをイザベラは感じていた。それをサミュエルも敏感に感じ取っていたのか、くすりと笑い声を漏らす。

「皆様、くれぐれも誤解なきよう。イザベラ嬢は娼館に売られはしたのですが、いち早くわたしが彼女を救出しました。売られた彼女を身請《みう》けしたくてオーナーに提示した額が、なんと娼館ごと買い取れる金額でした。今ではわたしがその娼館の持ち主です」

その言葉に、ホッとした空気が大広間に漂う。

サミュエルが続けて彼らに提示したのは、高級娼館を買い取ったという契約書面だ。

実際には、サミュエルが娼館を買い取ったのはつい最近だ。だが、最初から娼館を買い取っておいたことにしたほうがイザベラの貞淑の証しが立つからと、書類の日付は操作してある。

彼らがそれを見て納得するのを待ちながら、サミュエルはイザベラに微笑みかけた。

自信に満ちた態度は、以前はただ傲慢で俺様なものとしかイザベラには見えなかった。なのに、今は全く別のものに見えてならない。

イザベラがサミュエルをちゃんと見られるようになったせいもあるだろうし、サミュエル本人がいろいろな出来事を通じて成長したというのもあったのだろう。今回のこの事件についても、王立裁判所を使ってうまく処理したのは、サミュエルだった。

イザベラもその作業をしっかりと見守らせてもらったが、彼が全てを取り仕切っていた。

——自分が傲慢だったってことを自覚したあたりから、彼は変わったわ。

イザベラが自分の婚約者がどれだけ傲慢で身勝手だったのか、歯に衣着せず語ったことで、サミュエルは目が覚めたと言っていた。

そうされたことで、サミュエルは自分を客観視できるようになったそうだ。今回の件についても、このように調査を進めようと思っているが、それで間違いないだろうか、とイザベラに相談してくれた。

そんなふうに助言を求められたのは、初めてだった。だからこそ、調査がどのように進んでいるのか、イザベラにも詳しく把握できた。このまま成長すれば、サミュエルは周囲の助言をよく聞く、優秀な王となるだろう。

——にしても、わたしを買い取ろうとしてサミュエルがジェームズに提示した額が、娼館を買い取れる額だった、っていう事実には、驚いたわ。

あのときから、サミュエルは娼館のオーナーだ。ジェームズがその提案を受けたのは、現金が欲しかったし、王族をオーナーにしたほうが何かと便利だと判断したからのようだ。

この世界において、王や貴族が娼館を経営するのは普通のことだった。

だが、サミュエルにとっては娼館の権利はどうでもよいことらしく、イザベラはすぐにその経営権を託された。今度、娼館を売り払ってもいいし、そのまま維持してもいい。好きにして欲しいと言われた。

そんなことをぼんやりと思い出している間に、サミュエルは話を再開した。

「一度は愚かにもわたしから破棄すると言い出したイザベラとの婚約ですが、もし彼女さえよろしければ、再び求婚させていただきたいのです。この件を通じて、わたしは彼女の素晴らしさと忍耐強さ、賢さに気づきました。我が国の将来の王妃となる女性として、彼女以上にふさわしい人はいません」

そんな言葉とともに、サミュエルがイザベラの前でひざまずく。

上気した熱っぽい目で見つめられると、イザベラの胸にきゅううっと迫るものがある。

手を取り、うやうやしくキスされた。

――これって。

記憶が蘇ってくる。

ゲームエンディングの、求婚のシーンだ。

すでにゲームには敗れ、悪役令嬢はバッドエンドを迎えて退場させられている。

だが、ゲームが終わった後も、なおもイザベラにとっての世界は継続していた。ここであらためて、初の求婚シーンを迎えるなんてあっていいのだろうか。

バッドエンドのその後に、こんな展開が待っているなんて思わなかった。

サミュエルが言葉を発した。

「アングルテール王国第一王子、サミュエル・フィリップ・ジョージ・エジャーバードは、イザベラ・アレクサンドラ・メアリー・オブ・グッドウエーズリーに心をこめて求婚いたします。わたしと、結婚していただけますか」

まっすぐに向けられた眼差しと、熱っぽさを含んだ声に、イザベラは息を呑んだ。

サミュエルのことは大好きだが、果たしてこれを受けても大丈夫なのだろうか。

このようなことがあった上でも、王や王妃は自分との結婚を認めてくれるのか。

イザベラは不安になって、視線をさまよわせた。

だが、イザベラの目が捕らえたのは、大きくうなずいた王の姿と、ぎゅっと身体の前で手を握りしめて、涙ながらにうなずきかけてきた王妃の姿だった。

王と王妃は、自分たちの留守中にサミュエルがイザベラとの婚約を破棄したと聞いて、激怒したと聞いている。

かつてより親交のあるイザベラとの婚約を破棄するなんて許せないと、サミュエルからの使者を叱り飛ばしたらしい。

さらに視線を動かすと、固唾を呑んでこちらを見守っている貴人の中に、父であるグッドウエーズリー伯爵の姿があるのに気づいた。

どこかクールで、家を出ていけといったときには突き放すようなところがあったものの、イザベラが行方不明だと知るやいなや、ひどく慌てたと聞いている。

アンジェラは駅馬車の宿にいたグッドウエーズリーが手配した男にも手を回し、そこにイザベラの代わりに別の家出娘を差し向けて、体よく他の国へ送り出したそうだ。だからこそ、グッドウエーズリー伯爵が、イザベラの危機に気づくまでには、かなり時間がかかったようだ。

グッドウエーズリー伯爵にとって、イザベラが王太子の婚約者の座に返り咲くのはこの上もないことらしく、何度も嬉しそうにうなずきかけてきた。

会場全体の雰囲気としても、自分とサミュエルとの関係を歓迎してくれているように感じられる。ホッとしながら、イザベラはサミュエルに視線を戻した。

婚約者であったときには、サミュエルには全く興味はなかった。だが、今では彼の顔を見るだけで胸が熱くなる。

こんなふうに、再び婚約者になれるとは思っていなかった。

娼館で目を覚ましたときの呆然とした感覚を遠く思い出す。あのときの絶望は、生々しく身のうちに残っていた。大勢の人に、感謝しなければならない。

サミュエルを見ていると今までのいろいろな思いがこみあげてきて、涙があふれそうになった。

そんな気持ちをぐっと押し殺し、イザベラはゆっくりと息を吸いこんだ。

「もちろん。……喜んで。あなたの妻になります」

声が震えた。

冷静でいようとしたのに、涙があふれてしまう。

サミュエルは嬉しそうに微笑んだ後で立ち上がり、イザベラを両手できつく抱きしめてくれた。

その腕の中で、イザベラは最高の幸せを感じずにはいられなかった。

第九章

大聖堂《だいせいどう》の鐘の音が、城下に大きく響き渡る。

晴れ渡った空が、王都の上には広がっていた。

今日は、このアングルテール王国の王太子であるサミュエルと、グッドウエーズリー伯爵家の令嬢であるイザベラの婚儀が執り行われることになる。

朝から晩まで働きづめの人々も、今日ばかりは仕事の手を休めることになっていた。

二人の乗る馬車が、パレードの途中で金品《きんぴん》を振りまく。これを見逃す手はないからだ。

王城には朝早くから貴族の馬車が次々と詰めかけ、国を挙げた華やかな婚儀が始まるのを、今か今かと待ちかまえていた。


そして当のイザベラは、婚儀の準備に朝早くから忙しい。

普段の朝の支度だけでも、時間がかかる。ドロワーズに、シュミーズにストッキング。さらに重ねるのは、コルセットにペチコートだ。

今日はいつもより何倍もスカートを広げるために、鋼《はがね》でできたクリノリンを身にまとうことになっていた。それを装着した後に身につけるのは、この婚儀のために何ヶ月もかけて準備された、最高級のドレスだ。その裾は、長く長く伸びている。

精緻なレースの襞飾りや、レースでできた花が隙間なく生地を覆う。裾を引くドレスに合わせて、長く垂らすことになるベールのレース飾りも見事だ。

さらにイザベラの身を飾るのは、王家に引き継がれる巨大なダイヤのついたイヤリングとネックレスだった。

自分の全身がくまなく飾りあげられていくのを受け止めながら、イザベラはここ半年のことを追憶していた。

イザベラが婚約者に返り咲いてから、めまぐるしくことは動いた。イザベラは改修の終わった別邸でサミュエルと暮らしながら、娼館の運営を引き続きジェームズに託すことに決めた。

そうしたのは、シャルロッテの特別な希望があったからだ。

これからどうすればいいかとシャルロッテに尋ねてみると、ぽつりと漏らされた。

『……あの、許されることなら、わたしがジェームズさまを手伝って、お店を維持していきたいです』

『どういうこと？』

娼婦を解放したところで、彼女たちは他に稼ぐ方法を知らない。

だからこそ、店は維持したまま、彼女たちの境遇を改善していきたい。シャルロッテは、そのように一生懸命伝えてきた。そうしながら、皆が一番幸せになれる方法を探りたい。

その言葉に、イザベラはにっこりした。

『そうね。だったら、あなたに任せてみようかしら』

何かいい方法を、シャルロッテなら思いつくかもしれない。そう思って、オーナーをシャルロッテにしてみた。

ジェームズが年端もいかないシャルロッテの下になって、あれこれと使われるのは少し愉快だ。

シャルロッテの相談に、イザベラがいろいろ乗れる方法も考えた。イザベラにとっても、これはいい社会勉強になるだろう。

——あと、……アンジェラは結局、国外追放になったのよね。

蒸気船が海に浮かび、遠い海の向こうまでの距離がかなり短くなってきた昨今だ。なんとなく、アンジェラはこのままでは終わらないしたたかさがあるように感じてならない。

もしかしたら、新天地で一旗揚《ひとはたあ》げるとかあるのではないだろうか。

——それはそれとして。……わたしも頑張らないと。

あらためてイザベラには、お妃教育が行われることとなった。とはいえ、全ての基本はできているので、王妃によるプライベートレッスンのようなものだ。

最愛の人と結婚できるのが嬉しかった。彼と将来を誓えることが。

イザベラの身支度が調ったころ、サミュエルがやってきた。

サミュエルも婚儀にふさわしい豪華な衣装を身につけている。

最高級のブルーの長衣には王家の紋章をかたどった立体的で重そうな刺繍《ししゅう》が施《ほどこ》され、ベストにも大小さまざまな宝石が輝いている。肩に飾りもあり、胸に勲章《くんしょう》もついた軍服風のデザインなのは、サミュエルは王太子としてこの国の高位の軍人でもあるからだ。

それらの華やかな衣装が、サミュエルの好ましさを引き立てる。

かつては高慢に思えていた鼻梁は限りなく優雅に。人を見下しているように見えた瞳も、微笑みが目立つ柔らかなものとなった。

その麗しさにイザベラがぼうっと見とれていると、サミュエルもまぶしそうにイザベラを見つめながら、前に立った。

「綺麗だ。……この美しい人が今日、俺のものになるのか」

手放しの賛辞を恥ずかしげもなく口にできるのが、サミュエルのいいところだ。イザベラは思わず微笑んで、サミュエルに言い返した。

「あなたも、わたしのものになるのよ。この目も、……唇も。覚悟はできてる？」

「もちろん」

サミュエルはその言葉にくすぐったそうにうなずいてから、一緒に入ってきた従僕がうやうやしく掲げる盆の上からティアラを手に取った。代々王家に引き継がれた豪華なティアラを、イザベラのベールの上に飾ってくれる。

ベールは引き下ろさず、顔が見える形に着つけていた。だからこそ、イザベラはベールに邪魔されることなく、サミュエルの顔をまっすぐ見つめることができる。

「待ちかねた日だ。……行こうか」

そんなふうにささやかれて、エスコートのために手を差し伸べられた。

長く続く婚儀の儀式のことを思いながら、イザベラは絹の手袋に包まれた手を伸ばし、その腕をつかんだ。

「ええ」

ゆっくりと歩きだしながら、サミュエルがささやいてくる。

「緊張する？」

「少しね」

「俺も、……だけど」

緊張よりも嬉しさのほうが上回る。

そんなふうに言ってくれる。

目が合うたびに浮かべてくれるサミュエルの微笑みが、やたらと柔らかくて幸せに満ちているように見えた。

イザベラにとっても、それは一緒だ。

今日は、人生最上の日だった。


長い長い一日のいろいろな儀式が終わって、イザベラは部屋に戻った。全身を締めつけるコルセットや、ずしりと重いドレスを脱いで、ようやくホッとして湯浴《ゆあ》みをした。

それから、侍女にかしずかれて身体を拭かれ、初夜のためのレースがふんだんに使われた夜着に着替えさせられる。ドキドキしながら向かったのは、初夜を迎える夫婦の寝室だ。

――緊張する。

処女ではないし、すでにサミュエルとは身体の関係をさんざん重ねている。それでも、神聖さを感じさせる婚礼の儀式を終え、正式に結ばれた後の初夜だ。

――だって、婚儀のときのサミュエルは、本当に素敵だったもの。惚れ直したわ。

もともと姿形は、とても麗《うるわ》しい男だ。中身にも惚れているが、そのビジュアルの良さは圧倒的だった。

寝室に入ると、すでにそこにはサミュエルがいた。

ベッドサイドの薄明かりが、椅子に座った彼のシルエットを幻想的に浮かび上がらせている。

ゆっくりと近づいていくと、楽な衣服に着替えたサミュエルがその気配に気づいて、顔を上げた。目の前で立ち止まったイザベラの手を取り、顔や全身を惚れ惚れと眺めた後で、愛しげに言ってきた。

「これから、初夜か」

「そう。初めてじゃない、初夜だけど」

イザベラはくすっと笑った。

儀式の最中、サミュエルはさりげなくイザベラの手を取って、階《きざはし》を上がるのを手伝ってくれた。さらにはちょっとした合間に、座れるように配慮してくれた。そんな気遣いを思い出すにつけ、いい男と結婚したな、としみじみと思えてくる。

果たして一度バッドエンドにならずに結婚していたら、自分たちはどうだっただろう、とイザベラは婚儀の最中に考えてみた。

サミュエルは自分を客観視できず、傲慢俺様だったことだろう。イザベラはそんな彼に、早晩愛想をつかしたのではないだろうか。

そんなふうに考えると、バッドエンドも悪くないと思えてくる。

サミュエルはイザベラをベッドに座らせ、称賛するようにすうっと目を細めた。

「その姿も、……綺麗だな。何もかも初めてだというような、清楚《せいそ》な新妻に見える」

初夜の夜着は、胸の下を軽く絞って襟を大きく開き、裾も短めでレースをふんだんに使った透け透けの特別なものだ。

イザベラは肩をつかんだサミュエルの手のぬくもりを感じながら、悪戯っぽく笑ってみせた。

「何もかも初めてですから、教えていただきませんと」

そんなイザベラの姿に、サミュエルはそそられたらしい。

立ち上がられ、イザベラが座るベッドにあがってきたサミュエルからうやうやしく口づけを受ける。大切にしてもらっている感触とともに、ひどく鼓動が乱れだすのを感じていた。

――大好き。

今日、サミュエルが大勢の貴人や聖職者たちの前で、イザベラを一生守り、幸せにすると誓ってくれた。そのときの感動が蘇る。

――そういえば、……今日、サミュエルの弟も来ていたわ。

サミュエルとのキスがどんどん深くなっていくのを受け止めながら、イザベラは頭のどこかで考えた。

サミュエルがこの出来のいい弟と自分を比べて、劣等感のようなものを抱いていたのは知っている。

弟は芸術や学問のできもよかったから、両親はいずれは弟に王位を継がせたいのではないかと、勝手に不安をつのらせていたのだ。

――だけど、弟さんはすごくサミュエル大好きっ子だったわ。

内気な性格なのが、少し話をしただけでわかった。弟の目から見ると、誰とでも物怖《ものお》じせずに話すサミュエルは、華やかでまぶしく見えるのだろう。

そんな気持ちが、イザベラにはわかる。

弟はサミュエルのことを人の上に立つ人間として認め、結婚を心から祝ってくれていた。

――だから、何も心配することはないの。

イザベラとの愛を日々深めているサミュエルはそれが自信となったのか、日ごとに輝きを増しているように思えた。

生気にあふれているし、いろいろな勉強に興味を持つようになった。

――きっといい王になる。

王も王妃も、そんなサミュエルに期待しているのが伝わってくる。

そんなことを考えている間にも、キスはどんどん深くなった。

夜着の上から胸に触れられ、軽く揉みこまれているだけでも、その下で乳首が尖ってジンジンしてくる。早くそこに触れられたくて、もどかしいほどだ。

長いキスを終えると、サミュエルがとっておきの宝物を開封するように、イザベラの前開きの夜着の胸元にある、リボンを外してきた。

胸元がぱっくり開いて、肌で直接、夜気《やき》を感じ取る。ぞくりとした途端、サミュエルの手がそこに伸びてきて、大切そうに膨らみを手で包みこまれた。

反対側の膨らみには、顔を埋められた。

ぞくぞくと震えていると、ずっと刺激を欲しがっていた乳首に吸いつかれる。その刺激に落ち着く間もなく、舌で丹念に色づいた部分をなぞられ、さらに軽く甘噛みを混ぜられると、身体が甘く溶けていくのがわかった。

「っん、……は、……あ、あ……っ」

反対側の乳首も、指先でそっと転がされている。

気持ち良すぎて、最初から自分はサミュエルに抱かれるための身体だったのかもしれないと思えるほどだ。

こんなふうに抱き合うと、てのひらの大きさや、ごつごつと骨張って逞しい身体の感触から、サミュエルが異性だとしみじみと思い知らされる。

舌や指で刺激されて、乳首がますます敏感に尖っていく。尖れば尖るほどそこは敏感になって、軽くなぞられただけでも感じてならない。

そんなイザベラの反応が楽しいのか、サミュエルがさわさわと指を往復させた。

「……は、……ぁ、……んぁ……っ」

それぞれの乳首からの刺激が違っているせいか、身体の奥のほうの感覚がおかしくなってくる。

たっぷりと右を舐めた後で、指で刺激していた乳首に、サミュエルは顔を移動させた。吐息がかかり、ぱくっとくわえられて、そちらからも甘い刺激が広がっていく。

「っぁ！」

さらに平らにした舌でぬるぬると舐められていると、何だかじっとしていられなくなった。イザベラの膝が立ち、つま先がベッドの布地を乱す。そんなイザベラの反応を、サミュエルは楽しんでいるようだ。

どこをどうすればイザベラが感じるのかとっくに熟知されているから、サミュエルの動きにはためらいがなかった。

軽く乳首を吸いあげながら、反対側の乳首を指先でつまみ出され、絶妙な強さでなぶられて、じわじわと身体の奥が濡れていくのがわかる。

たっぷりと乳首を愛撫した後で、サミュエルの手が足の間に伸ばされた。ドロワーズを脱がされてから、あらためて膝を片方だけ立たせられる。手が亀裂の中に忍びこみ、そのくぼみに沿って指でなぞられる。

「……っ！」

くちゅ、とそこを指先がなぞるたびに、イザベラは震えた。

「……ッあっ、……あっ、あ……」

サミュエルの指はぬめりを塗り広げるように動く。

指の動きを止めないまま、サミュエルがからかうようにささやいた。

「こんなに濡らしちゃうなんて、……初夜なのに、初めてじゃないのかな」

初めてでも、その先も全部教えこんだのはサミュエルだ。

だけど、初夜ごっこがしたいのだろうと判断して、イザベラは殊勝な態度を装って言い返してみる。

「……初めて、……なのに、……こんなに、……なる、なんて、恥ずかしい……わ」

下手な芝居をしたことでことさら羞恥心がこみあげ、じわりとまたあふれるものがあった。

「っん、……ん、……ん、ん……っ」

ただ亀裂を指でなぞられているだけでも、身体がどんどん熱くなる。

指がそこを往復しているうちに、陰核が尖って存在感を増していく。それに伴って、だんだんと間接的に伝わる刺激も強くなった。

「っぁ、……っんぁ、……んぁ……あ……っ」

まだ直接触れられてはいないはずなのに、身体の芯まで響いてくる快感にきゅんきゅんと襞がざわめき、膝が動きそうになる。

そんなイザベラの反応を眺めて楽しんだ後で、サミュエルは中に指を押しこんできた。

「っんぁ！　……っんぁ、……あ、……あ……っ」

濡れていたから、スムーズに指が入ってくる。だけど、指が襞《ひだ》を押し広げながら入ってくる感覚には、いつでも慣れない。どこまで入ったのか確かめようと、襞がからみついていく。

その指がゆっくりと抜かれては押しこまれてくるのを、息を呑みながら受け止めた。だが、中の刺激だけに集中しきれなかったのは、サミュエルがまた乳首を舌でなぶり始めたからだ。

指によって刻まれるリズムと、乳首からの快感が下腹部で混じり合い、漏れる声が甘ったるさを増していく。

「っんぁ、……あ……んぁ、……あ、あ……っあ……っ」

こんなにも、自分ばかり感じているのが恥ずかしかった。自分のこんな姿は、サミュエルにはどう見えているのだろうか。乳首に吸いついているサミュエルにどうにか視線を向けようとしていると、目が合った途端に微笑まれた。

「もっと、……いっぱい、感じろ」

しゃべられるたびに、乳首にランダムに舌や歯が触れる。甘噛みされたことでびくんと中の収縮が増すと、それをほぐすように指が中でぐるぐると動いた。乳首への刺激は一定ではなく、舐められたり、強めに歯を立てられたりと、そのいちいちに感じさせられてしまう。

それと同時に、イザベラのことをさんざん知りつくした指先が、中の弱いところを的確に刺激してきた。

中がたっぷりと濡れたころに、かぎの形に曲げられた指先が、へその奥のほうの襞を引っかけるようになぞってきた。そこに感じるところがあることを、イザベラは知っている。

サミュエルの指がその位置に近づいていっただけで中の収縮が増し、引き止めようとするかのようにからみついた。

「っんぁ、……っ」

だが、その中の抵抗もむなしく、えぐられた。甘ったるい刺激が走った瞬間、ぎゅっと強く中に力がこもり、締めつけながら腰が跳ね上がる。

「ここだ」

宝物を見つけたような声でささやかれた後で、サミュエルは指を二本に増やして、本格的になぶり始めた。

「っんぁっ！」

指にえぐられるたびに、甘い電流が流れる感覚とともにビクンと全身が反応してしまう。

あふれるものの量も増しているのか、ぐちょぐちょと中から漏れだす音がことさら耳についた。

その猥雑《わいざつ》な物音に、イザベラだけではなく、サミュエルも煽られているのかもしれない。漏れる声は自分のものとは思えないほど、かすれていた。

「つぁ……んん、ん、ん、……っあ……っ」

感じるところを容赦なく刺激しながら、さらに伸ばされた親指で、硬く突き出した陰核までもぬるぬると指の腹で圧迫される。

そんなふうにされたら、たまったものではない

「っひ！　あっ、……んぁ、……ッダメ、……そこ、……一緒に……しちゃ……っ」

ガクガクと腰がせり上がり、まともに息もできなくなった。さすがに刺激が強すぎるし、感じすぎてつらいほどだ。

「どうした？　感じすぎるか？」

「そ、……そう……」

必死になってうなずくと、サミュエルは中にある指の動きを止めた。ただ親指で陰核だけを転がしてくる。

その甘ったるい快感に、全身がぞわりと痺れた。快感の余波で、中がぎゅっと締まる。襞に逆らいながらゆっくりと中の指を動かされ、陰核をくりくりと転がされていると、交互に襲いかかる快感にどうにかなりそうだ。

「っん、……ぁ、……あ、……っんぁ、……っあ、あ……っ」

サミュエルの動きに合わせて、無意識に腰が動く。だが、サミュエルの指は陰核からズレることなく、内側と外側から感じるところを正確に刺激し続ける。いつまでも続けられると、交互でも苦しくなってくる。

「……っ、ん、……もう、……ッ」

「もっと、感じている姿を見せろ」

言われていたたまれずに首を振ったが、そんなイザベラの反応がますますサミュエルを煽ったらしい。

両足を抱え上げるようにつかまれ、秘められた部分に顔を埋められた。

「……っん、あっ！」

陰核を舐められるのは一番恥ずかしいし、感じすぎてつらい。だけど、そこを指で広げられて吐息がかかっただけで、身体が甘く痺れた。そこへの刺激を、心の奥底から待ち望んでしまう。

覚悟して息を呑んだ次の瞬間、やけどしそうに熱い弾力のある舌で、指で割り開いて剥き出しにされた亀裂を下から上まで舐めあげられた。

直接身体の芯まで届く刺激に、太腿がビクンと痙攣《けいれん》する。

「っんぁああ、あ……っ」

そこをたっぷりと舌が往復した。

ぬるぬるとした感触を感じ取るたびに、腰が溶け落ちそうになる。

あふれ出す蜜をすすられた後で、楔《くさび》のように舌を打ちこまれた。

舌だから、さして深い部分まで入らないはずだ。それはわかっているはずなのに、入り口を押し広げられ、中を舐められていると、深い位置まで入っていくような錯覚があった。

背徳に満ちた快感が広がっていく。

「っあ、……ぁあ、そこ……っ、舐める……な……んて……っ」

軟体動物のように入りこんでくる舌は感覚で捕らえようがなく、どこにどう力を入れていいのかわからない。力をこめるたびに、ぬるっと抜け落ちていく舌の感触にたまらなくぞくぞくする。

快感が掻き立てられ、つかみどころのない快感だけが高まって、つま先まで痺れる。

ようやく舌が抜け落ち、代わりに指が入ってきた。舌では届かない奥のほうまで掻《か》き回《まわ》され、ずっとあった疼きが少しだけ収まった。

「っふ」

だが、サミュエルの頭はさらに移動して、陰核に狙いを定めたらしい。

二本の指で中を掻き回しながら、反対側の指で亀裂の上のほうを押し広げられ、包皮を舌先でめくりあげられながらぬるぬると舐められる。

「っや、……っんぁ、……あ……っ」

大きく腰を動かしてしまったおかげで、中にある指が襞の思わぬところにも突き刺さった。

サミュエルは中にある指をやんわりと動かしながら、なおも陰核を淫らに舌先で転がしていく。

「っんぁ……っあ……っ」

複雑になった刺激を受け止めきれなくて、イザベラの腰がくねった。

陰核をちゅうと吸われるたびに、感じすぎてぎゅっと中に力がこもる。

すでに腰の動きは止められない。絶頂に向かって極めようとする身体を、制御することができなくなっていた。

「あ、……っんぁ、……あ、あ、あ、あ……っ」

サミュエルはくねるイザベラの腰を追いかけ、陰核を淫らに舐めては転がしていく。指よりも繊細で柔らかな舌によって、濃厚な快感が流しこまれる。

それにぐちゃぐちゃと中をかき混ぜる指の動きが混じったら、後はイクことしか考えられない。

「……ぁ、……んぁん、……あ……んぁ、……あああ……っ！」

大きな快感の波が押し寄せる。より快感をかき集めようとして、ひくひくと蠢き始めるイザベラの襞の動きに合わせて、サミュエルが奥まで指を突き刺す。

さらに陰核を吸いあげられ、イザベラはついに悲鳴のような声を上げて昇りつめた。

「――っぁあああ……っんぁ……っ！」

びくんと反り返った後で、余韻のようにガクガクと身体が震える。少しずつ力が抜けていく。度を超えた快感の余韻に、涙まであふれてきた。

「……感じた？」

指を抜いて身体を起こし、イザベラの目尻に口づけて涙を舐めとりながら、サミュエルが聞いてくる。

「ッン、……すごく」

息が乱れ、全身が熱かった。気が遠くなるほど気持ちが良かったし、腰のあたりがまだ痺れて、とろっと濡れたものがあふれ出している。

しばらくは何もしたくないし、考えたくない。なのに、下肢にマグマが居座っていた。これはきっとサミュエルに抱いてもらわなければ。収まらない類のものだ。

「欲しいの」

小さく伝えると、サミュエルがごくりと息を呑んだ。

着ていたものを無言で脱いで、肌を露わにしていく。

その後で大きく足を割られ、濡れきった狭間に熱いものが押しつけられた。

その熱を実感している間にも、ぐぐっと力がこめられて、切っ先が襞を押し広げてゆっくりと入ってくる。

濡れきった身体は、それによる圧倒的な快感を伝えた。その熱を感じ取っただけでも感じて、絶頂直後の余韻を宿した襞がひくりと大きく震える。

また達しそうになったので、イザベラは慌ててサミュエルの腰に足をからみつけて制した。

「ッ、……待って……っ。まだ、動か……ないで」

少しだけ待って欲しい。立て続けに達するのはキツい。

サミュエルはその制止に従って、動かずにいてくれた。

だからこそことさら、身体の中にサミュエルの大きなものが息づいているのを鮮明に感じ取る。

サミュエルはイサベラの顔をのぞきこんだ。

「気持ちよさそうな、顔……してる」

イザベラも薄く目を開けて、サミュエルの顔を見た。

ひくりひくりとからみつく襞からの快感を受け止めているのか、サミュエルの頬が上気して、目からも熱っぽさが感じられる。

口づけを受けるたびに中のものが角度を変えることにうめきながら、イサベラは切れ切れに尋ねた。

「……あなたも、……きもち……いい？」

「ああ。……おまえの中は、最高だ」

その声に煽られて、またひくりと中が痙攣した。それをサミュエルは敏感に感じ取ったらしい。

イきそうなほど瀬戸際に追い詰められていた身体が多少落ち着くのを待って、サミュエルが尋ねてきた。

「もっと、……気持ち良くなりたいか？」

「……ええ」

答えた瞬間、大きく突き上げられる。

「ひっ！　あっ！」

サミュエルのその硬い大きなものが、身体の中心部を押し開いては、抜かれていく。指とは比べものにならない圧倒的な質感に、どうしても声が漏れてしまう。

それを受け止めるだけで、イザベラはいっぱいいっぱいだ。抜かれるときには何だか切ないような感覚すら掻き立てられ、その身体にしがみつくことしかできない。

「うぁ、……っぁああ、……ン……っ」

サミュエルの動きは、一定ではない。

特に奥のほうの感じるところに切っ先を擦りつけるようにして動かれると、そこから広がる重苦しいような快感が満ちて、目の前が白くかすんでいく。

「ッン、……そこ、……っ、変……っ」

どうにか腰を浮かして逃れようとしたが、ベッドにぐっと押さえこまれた。集中的にそこばかりえぐって追い上げられ、腹の底まで快感が響く。

「っんぁああ……っ、あ……っあ、あ……あ……っ」

また唇を塞がれ、舌をからめながら自在に突かれる。

唾液をすすられながら、胸元に伸びた指で硬く勃ちあがった乳首をつまみ上げられた。

そこをこりこりと指先でなぶられると、それだけでひどく感じてしまって、過剰なほど襞が蠢いているのがわかる。

「くっ、……んぁ……っあ」

次にまたイきそうな感覚が、痙攣となって身体に広がっていく。

だが、サミュエルはまだイかせるつもりはなかったのか、追いこまずに浅くして、イザベラの腰を抱き上げた。

身体を横に倒されて、上になった足を折り曲げて抱えこまれる。

そうされたことで、突き上げられる角度が変わった。あらためて押しこまれてきたものが、今までとは違う襞をえぐる。

「っひ、ぁ、……っん……っ」

新たに快感が生み出された。慣れない感覚に身体から力が抜け、そのせいもあって快感が増幅される。

それとともに胸を柔らかく揉まれ、気持ちよさにますます力が抜けた。

自分からはまるで動けない体位だけに、サミュエルによって緩やかに刻みこまれるリズムを享受するしかない。感じるたびに襞がひくついて、サミュエルの硬いものにからみつく。

「っひあ、……っんぁ、……あ、……あ、……っあ……っ」

さんざんその角度での快感を教えこんだ後で、サミュエルはイザベラの身体をうつ伏せに組み敷いた。

足を閉じたまま背後から挿入され、声が漏れる。取らされた体位の淫らさに煽られてしまう。えぐられるたびに、挿入感がすごくてぞわりと鳥肌が立った。

「っん、……ぁ、……ん、……あ……あ……あ……っ」

気持ち良すぎて怖いぐらいだ。サミュエルが大きなものをイザベラの一番柔らかな部分に何度も押しこまれ、全身の毛穴からぶわっと汗がにじみだす。

「つぁ、……んぁ、……あ、……んぁ、……はッ……は……は……っ」

あと少しで、高いところにまで到達する。

そんなイザベラの胸元に、サミュエルが背後から腕を回して強く抱きしめながらささやいた。

「俺の子を孕《はら》め」

快感にかすんだ頭では、その言葉の意味がすぐには理解できなかった。

だが、娼館で互いの正体を探り合いながらサミュエルとしていたときとは違って、正式に結婚した今では彼の子を孕めるように生でしているのだ。

そのことを不意に意識して、中の感覚が一際鮮明になった。

「っうあ、……あ、……あ……っ」

そんなイザベラの奥の奥まで、サミュエルが勢いよく突き上げてきた。感じすぎて太腿が痙攣し、達する予兆に全身に力が入っていくのを感じながら、イサベラは声を漏らした。

「っぁ、……んぁ、……っ、一緒……に……っ」

サミュエルと一緒にイきたい。

だからこそ、イかないように我慢している。

イザベラの願いをかなえようと、サミュエルが動きを速めるのがわかった。膝を立てさせられて腰をつかまれ、より深い部分まで入るように少し背後に引っ張られながら、勢いよく叩きこまれる。

絶頂に至るのを耐えるために、ぎゅうぎゅうと締めつけていた。その襞をえぐられるたびに、快感が全身に響く。

「っんぁ……っは、……っ」

乳房にサミュエルの指がからみつき、痛いぐらいに指が食いこんだ。

指の間に乳首を挟みこまれ、ずっと快感が与えられっぱなしになる。

「っん、……ん、……っん、ん……っ」

そのまま、激しい突き上げにひたすら耐えた。えぐられるたびに広がる快感に、呼吸すらまともにできなくなる。

全身に快感があふれてどうしようもなくなったとき、サミュエルが深くまで押しこんで低く息を漏らした。

「っく……」

その直後に、どくん、と中で脈が弾ける。

深い部分で射精を感じ取った途端、イザベラも達した。

「っぁ、……っぁああ、……んぁ、……あ、あ……っあ……っ」

眩暈がする。目の前が真っ白になって、しばらくは何もわからない。

気づけば仰向けにひっくり返されていて、愛《いつく》しむようにサミュエルが髪を撫でていた。

薄く目を開くと、すぐそこにサミュエルの顔がある。

まだ息も整っていなかったが、大好きだという感情があふれてきたので、イザベラは腕を伸ばして頭を抱きしめた。

バッドエンドのその後に、こんな展開が待っているなんて思ってもみなかった。もしかしたら、これも誰かが作ったゲームの続きなのでは、と頭の隅で疑ってもいる。

だけどこの先、どんな展開が待っているにしても、したたかに生き延びるつもりではあった。こんなふうにバッドエンドをひっくり返すこともできるのだから、諦めないのは肝心だ。

——何より、わたしは変われたわ。

学んだことは、いくつかある。先入観で人を判断しないこと。サミュエルのことも、合わないと最初から敬遠するのではなく、近づいて理解する。

そうすることで、こんなふうに大好きになれた。

「……大好きよ」

ささやくと、その返事のように口づけられた。

なかなかキスは終わらない。

夫婦になったのだから、これからは毎日サミュエルと顔を合わせることもできるし、どれだけ好きなのか、そのたびに伝えることもできる。

サミュエルはまだイサベラを抱くつもりらしく、あらためて身体を近づけてきた。

その手が身体の不穏なところに伸びるのがわかっていても、どろどろに甘く溶けた身体では抵抗もできない。

「疲れたか？」

気遣うようにささやかれたが、イザベラは続行を伝えるように、首の後ろに回した腕に力をこめた。

「大丈夫」

この人と、ずっと愛を綴《つづ》っていきたい。

新婚初夜だけあって、長い夜になりそうだった。

あとがき

はじめてのかたがほとんどでしょうか。花菱ななみです。

担当さまといろいろ打ち合わせをさせていただいたときに、悪役令嬢がいいですね！　という話になって、うきうきとプロットを作成させていただいて、このお話を書くことができました。

最初のころこそ悪役令嬢で王道を目指す！　と鼻息荒かったのですが、こういうときの自分の悪癖《あくへき》というか、ああでもないこうでもない、とプロットをこねくり回しているうちに、だんだんと当初の意図から遠ざかっていきがちなんですよね……。

なので、渾身のプロットができたときには、ヒロインはヒーローと○サヤですし、ヒーローがヒロインのことを最初、本当に○っていたり、ゲームヒロインに○○○○になっていたり、ヒロインが○○に売られていたりするという、非常に変わったものになっておりました。

(あとがきから読む人のために、一応ネタバレ部分を伏せ字させていただきます)

だ、大丈夫かな、と怯《おび》えつつも、おずおずと提出してみたところ、担当さまから「悪役令嬢としては非常に変わっていると思いますが、面白いので、これはこれでいいのではないでしょうか」とＯＫいただけました！

その言葉をよすがに、どうにか直しに直してゴールまでたどり着きました。いかがでしたでしょうか。ひと味変わった悪役令嬢になっているのかもしれませんが、これはこれとして、お楽しみいただけたら何よりです。

完成品見た担当さんの言葉でちょっと気になるのが、「主にヒーローが残念ですが、面白いので、いいですよ」ということなんですが、ああああ、ヒーロー残念なんですね！　自分としては、あんまり残念ではないつもりだったのですが、客観的には残念なんですね……。

ヒーローの可愛さというか、人間くささを追求してみました！　と開き直ろう。

というか、最初から出来た人もいいのですが、ヒーローの成長物語も書きたいというか、ヒーローはヒロインのおかげでいろいろ直っていくというか、まともになっていくというか、伸び幅があるというのも、自分としては好きな路線なので、そのあたりも書いてみたいポイントといえばポイントです。

もともと残念な人も好きなんですけどね……。

あ、あと、さりげに苦労したのが、ヒロインと会うときのヒーローの顔が、だいたいマスクで隠されているところでした。

「イラストの関係上、ヒーローの顔が見えるシーンを作ってください」という担当さまのリクエストがあって、いろいろ工夫してあります。目隠しでするのとかとても好きなので、これはこれで良いのでは。ハッ、しかしその場合は、ヒロインの顔が隠れてしまうのでは、とか。

イラストの話になったところで、この話に素晴らしいイラストをつけていただいた、ウエハラ蜂先生へのお礼を。

理想を遥かに超える素晴らしいイラストで、本当にありがとうございます。ウィリアムは俺様傲慢カッコいいし、イザベラは悪役令嬢っぽい気の強さを感じさせつつも、高貴で麗しいです。この感謝の気持ちをどう伝えたらいいのかわかりませんが、心からの感謝を。

そして、担当さまも、いろいろ導いてくださってありがとうございました。よく道を見失うので、頼りになります。

何より、読んでくださった方に、心からの感謝を。いかがでしたでしょうか。この先も、よろしければどこかでお会いできたら嬉しいかぎりです。もしよろしかったら、お手紙などでご意見ご感想などいただけると、励みになります。

ありがとうございました。

花菱ななみ

Mitsuneko Label

蜜猫文庫をお買い上げいただきありがとうございます。
この作品を読んでのご意見・ご感想をお聞かせください。
あて先は下記の通りです。

〒102-0072　東京都千代田区飯田橋 2-7-3
(株)竹書房　蜜猫文庫編集部
花菱ななみ先生 / ウエハラ蜂先生

悪役令嬢に転生したけど、破局したはずのカタブツ王太子に溺愛されてます!?

2020 年 2 月 29 日　初版第 1 刷発行
著　者　花菱ななみ

発行者　後藤明信
発行所　株式会社竹書房
〒102-0072 東京都千代田区飯田橋 2-7-3
電話　03(3264)1576(代表)
03(3234)6245(編集部)
デザイン　antenna
印刷所　中央精版印刷株式会社

Printed in JAPAN
ISBN978-4-8019-2180-1　C0193

男装姫と絶倫王の激しすぎる蜜夜
すずね凜
Illustration ウエハラ蜂
わかるか、私が君を欲しくて、
こんなに滾っているのを
双子の兄の死を隠すため性別を偽り、王位に就くことになったアレクサンドラ。周囲の手を借りつつ聡明な彼女は滞りなく国を治めていたが、初恋の相手のトラントの国王、ジョスランが国を訪れた際、溢れる思いのままカツラと仮面で変装した女性の姿で彼に会いに行ってしまう。「君が欲しい。君を奪ってもいいだろうか？」お互いに一目で惹かれあい、愛を確かめあった。その後も本当のことを言えぬまま、密かな逢瀬が続くが!?

山野辺りり
Illustration みずきたつ
伯爵令息は箱入り令嬢を甘やかして溺愛したい
秘蜜の夜にとろけるキスを
煽った君が悪い。
だから責任を取れ
兄の友人で諜報員仲間の伯爵家のフランシスにずっと片想いをしているエリノーラ。彼はエリノーラを優しく甘やかすが女性扱いしてくれない。観劇に誘っても諜報員として培った完璧な女装姿でエスコートされ落ち込む毎日。しかし十八歳の誕生日に彼からまさかのプロポーズを受ける。「果実は、充分熟してからが食べ頃だ」夢にまでみた甘い囁きと蕩けるような愛撫。初めての悦楽に酔うが彼はなかなか最後までしてくれなくて!?

ご主人さまはご機嫌ななめ
イケメン侯爵と逃亡花嫁の甘ふわ蜜愛♡
麻生ミカリ
Illustration ことね壱花
さあ、次は俺の上で
踊って見せてくれ
豪商の娘、マリーベルは幼い頃に出会った侯爵、デレックを一途に慕っていた。年上の貴族に嫁がされそうになった彼女は、せめて彼に一目会おうと、変装して彼の屋敷を窺っているうちにメイドとして採用されてしまう。デレックは昔と違い、全く笑顔を見せない気むずかしい男になっていた。「敏感な体だな。もっと味わってしまいたい」彼を気遣う態度を誘惑していると誤解され、淫らに触れられて感じてしまったマリーベルは!?